傑たち

北方謙三

時代小説文庫

角川春樹事務所

三国志の英傑たち

北方謙三

時代小説文庫

角川春樹事務所

三国志の英傑たち◆目次

三国志の英傑たち

はじめに

一九九六年から二年ほどかけて、ぼくは原稿用紙六千枚の大長編小説を書いた。書き始めたのはちょうど五十歳になるときで、二か月で単行本一冊、五百枚ずつ書いていくという大変なスケジュールだったが、書き終えたとき、これでまだまだ小説家をやっていく体力はあると自信が持てた。その小説が『三国志《さんごくし》』だった。

三国志は、紀元二世紀末から三世紀にかけて、後漢《ごかん》の末期から晋《しん》王朝ができるまでの約百年間を舞台に、そこに群雄割拠した実在の英傑《えいけつ》たちの歴史であり、同時に歴史物語でもある。魏《ぎ》の曹操《そうそう》、蜀《しょく》の劉備《りゅうび》・関羽《かんう》・張飛《ちょうひ》・諸葛亮《しょかつりょう》、呉《ご》の孫堅《そんけん》・孫策《そんさく》・孫権《そんけん》、さらにその周囲にいた幾多の男たちが、それぞれの夢を追い求め、やがて死んでいく滅《ほろ》びの物語に、ファンは多い。日本では江戸時代から読み物などとしてあったようだが、決定的に知られるようになったのは吉川英治の『三国志』からだろう。ぼくも高校時代に吉川『三国志』を読み、そのおもしろさを知るようになった。その後、この物語は漫画になり、人形劇としてテレビで放送され、テレビゲームになり世代を超えた人気を集めている。

さて、そうした「三国志」世界に心惹《ひ》かれる人々は、いったいどこにおもしろさを感じているのだろうか。

前漢後漢合わせて四百年あまりにわたって、安定した社会の中である意味では停滞しつづけていた時間が、漢朝が滅び、押さえていた天蓋《てんがい》が外されたときに大きく動き出す。そうした社会・文化・思考の変化から、この時代を見るのもおもしろい。

もちろん、国家とは何か、政治とは何か、指導者とは何か、国家と民族とはどういう関係であるべきなのかという、現代の社会や共同体に軸足を置いた視点から見るのもいい。

ぼくは、それ以前十年以上にわたって、肉体派のハードボイルド小説を書きつづけ、人間の肉体的な痛みと心の痛みの両面に目を向けてきた。三国志の物語や登場人物をそうした目で見ていくと、知っているはずのものが再び新鮮に見えてくる。ぼくの『三国志』は、この視点がベースになっている。

なお、ひとくちに三国志といっても、その系譜には二通りのものがある。詳しいことは序章で説明するが、晋の時代に編纂《へんさん》された漢末から三国時代の中国の国史である『正史三国志《せいしさんごくし》』と、その後、民間に広まった歴史物語などを下敷きにした『三国志演義《さんごくしえんぎ》』だ。一方は歴史書、一方は娯楽書という性格の違いから、大まかな流れは一緒だが、細部は微妙に異なる。

本書では、『正史』『演義』にも目を配りながら、乱世を生きた英傑たちの姿や魅力を、ぼくなりの見方を加えながら語っていきたい。ときには物語から離れて、あちこちへ寄り道もしたいと思っている。

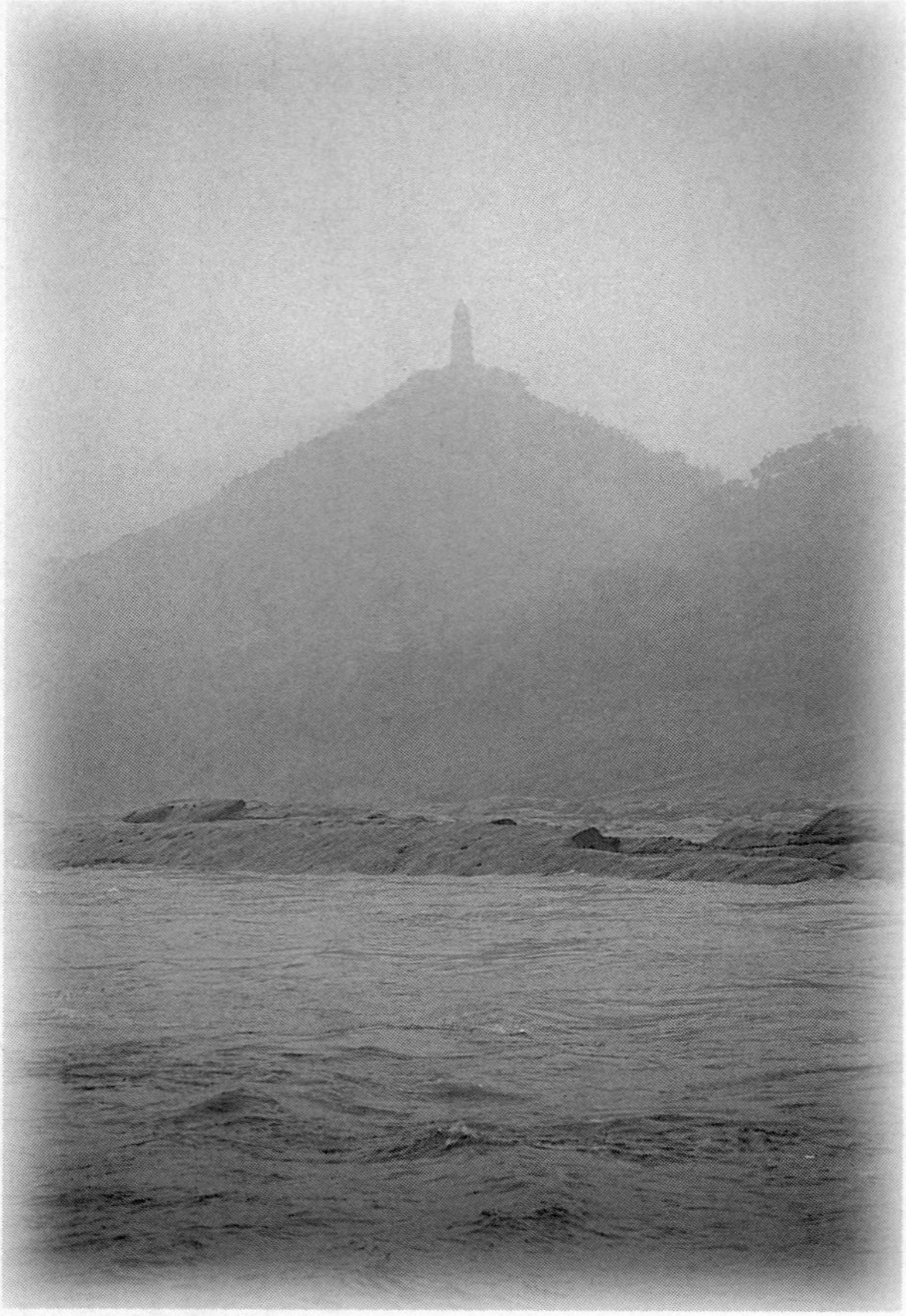

三峡の風景／撮影著者

序章　ぼくが『三国志』を書いた理由《わけ》

「三国志」との再会

ぼくの「三国志」との出合いは高校時代だった。吉川英治の『三国志』を読み、これが非常におもしろかったのだ。劉備《りゅうび》や曹操《そうそう》という英傑たちが劇的な覇権《はけん》の戦いを行ない、しかも一人も勝利しない。なにか戦いというものを象徴するような事実が中国の歴史には存在していて、それで書かれた物語なのだと強く感じた。舞台は年代でいえば二世紀の末から三世紀にかけて。日本ではまだ邪馬台国(注)や卑弥呼《ひみこ》が出てくる時代で、歴史どころかまだ文字もない頃の物語ということになる。

高校時代のぼくは乱読家だったが、海外の小説といえば欧米のものがほとんどで、中国の物語はあまり読んだことがなかった。吉川『三国志』を読むことで、ぼくは「中国にもこんなにおもしろい物語がある」と知ったのである。ただし、青春時代の「三国志」は、まだたくさんのおもしろい物語の中の一つにしかすぎなかった。

再びぼくが「三国志」に直面することになったのは、プロの小説家としてデビューし、十年以上経《た》ってからだ。

ぼくはまず純文学を志し、これがまったく売れず、その後にストーリー性を重視した小説を書き始めた。これがいわゆるハードボイルド小説として世に知られるようになったのだが、こうした小説を長年書き続けていると、どこか閉塞したものが出てくる。娯楽小説ではあるが、一方で現実のリアリティにきちんと準拠していなければ、小説そのもののおもしろさが薄れてしまうためだ。

具体的に説明しよう。拳銃を例にとれば、今ならばそう不思議でもないのだろうが、少なくともぼくがハードボイルド小説を書き始めた二十年前には、登場人物が拳銃を持っているというだけでリアリティに欠けた。一般の市民が理由もなく拳銃など持てるはずがない。拳銃一丁を手にさせるためにも長い説明が必要だったのだ。そういう制約の中で書き続けていると、物語がダイナミックに広がっていかない。

このジレンマを打破するために、どうすればいいのかを必死で考えた。登場人物の内面にもっと入っていけばいいのか。それでは純文学に限りなく近づくだけだ。では、ジャンルを変えてみよう。たとえばSF（＝サイエンス・フィクション）的なハードボイルドはどうか。近未来SFハードボイルドの中でなら、「レーザー光線銃」などを持たせることもできるかもしれないが、残念ながらぼくにはSF的な発想というものがあまりない。それで歴史小説というジャンルに向かってみようと思った。すぐに日本や、日本と関わりの深い朝鮮半島、中国大陸の歴史の勉強を始めた。生まれて初めての必死の勉強になった。

中国の三国時代がどういうものかは、その勉強の中でだいたい知ることができた。それが魏《ぎ》という国が建国された紀元二二〇年から呉《ご》という国が滅びた二八〇年までの時代であるとか、二世紀の末から後漢《ごかん》という統一王朝が衰退して中国の各地に群雄が割拠し、やがて魏、蜀《しょく》、呉という三国分立になって相争ったけれども、結局勝ち残ったのは魏を滅ぼした晋《しん》(注)（西晋）という新たな王朝だったということなどである。

ただし、そのときはまだ「三国志」はぼくの頭にはない。

ぼくがまず向かったのは日本の「南北朝」だった。十四世紀、朝廷が二つに分かれ対立した時代を題材にした小説を書いたのだ。それが『武王の門』に始まる一連の南北朝ものだった。ところが、これにはこれで一抹《いちまつ》の書きづらさがある。ぼく自身は南朝と北朝のどちらかに肩入れするつもりも、歴史上の天皇を誹謗《ひぼう》するつもりもない。その時代を舞台にした小説を書いているだけなのだが、それでも大きな発想の飛躍はできず、極端な人物造形もしにくかった。

その後、江戸時代を舞台に書いてみたりもしたのだが、南北朝もので書き切れなかったものが胸の内にしこりのように残っていた。王朝とか王朝を建てた人物、王朝を建てようとしたり継ごうとした人物の物語を自由に書ける場所を、無意識のうちに探していたのだ。そこに、ふとつながったのが「三国志」だった。

そのときが、ぼくと「三国志」、あるいは「三国志」の世界との本当の出合いの始まりだった。たくさんあるおもしろい物語の中の一つから、小説家として自らの物語を紡《つむ》ぐために直面すべきものとなったのだ。

吉川『三国志』に感じた違和感

「三国志」を書く。「三国志」の世界を舞台に自由に王朝の栄枯盛衰を書く。そう決めて、吉川『三国志』の物語を改めて思い起こしてみた。

ぼくはその物語の芯に一本通っているのは、「尊皇思想」だと思った。

それは、最も重要な登場人物二人の描かれ方にはっきり示されている。まず劉備は、元々はムシロを編《あ》んで売って暮らしていた低い身分だが、前漢の皇帝・景帝《けいてい》の子、中《ちゅう》山靖王《ざんせいおう》劉勝《りゅうしょう》の末裔《まつえい》という「漢（劉家）」の血筋にある人物で、後漢の帝室の再興を志す者だ。その勤王《きんのう》の志《こころざし》をよしとして関羽《かんう》や諸葛亮孔明《しょかつりょうこうめい》をはじめとする人材が配下となる。結局自らが蜀という国を建てて帝位に上るが、正式な国名は「蜀漢《しょくかん》」とし、それがまた正統な王朝はあくまで漢であることを示したとして、「徳の将軍」という世評をさらに高めるという描かれ方になっている。

一方の曹操は、勇猛かつ知略に富んだ軍人で、人材の登用ぶりにも示されているように政治家としても優秀、しかも詩才まであったある種の天才だ。しかし、惜しいことに漢の帝室への尊崇の念がまったくなく、後漢最後の皇帝を手中に収めるが、それは自らが覇《は》を唱える手段でしかない「覇道《はどう》の人」で、陰に陽に皇帝から権力を簒奪《さんだつ》する。さらに、他者の裏切りを許さず、厳しく処断する冷たい人物として描かれる。そんな曹操に冠される形容詞が、「乱世の奸雄《かんゆう》（奸雄＝悪巧みにたけた英雄）」だ。完璧に悪役と言っていい。

劉備のしたことも、日本で言えば庶民から成り上がった有力武将が「源《みなもと》」とか「平《たいら》」に氏姓を改め、勝手に征夷大将軍《せいいたいしょうぐん》や関白太政大臣《かんぱくだじょうだいじん》を称して権力を握るという行為にきわめて近いのだが、それは問題にされない。尊皇の名分さえ立っていればいいのだ。

尊皇という芯があって、その芯の物語が、関羽《かんう》や呂布《りょふ》など豪傑たちのエピソードや呉国との三つ巴《どもえ》の争い、「赤壁《せきへき》の戦い」を筆頭とする幾多の戦いとともに非常にドラマチックかつダイナミックに語られたのが、吉川『三国志』なのだ。

くわえて、曹操の文官・荀彧《じゅんいく》や劉備の知将・諸葛亮、呉国の猛将・周瑜《しゅうゆ》、そういう際立ったキャラクターが山盛りで登場する物語が、おもしろくないはずがない。自分なりの歴史観を込めつつ物語の翼を自由に広げるには、「三国志」というのは最適の舞台だとぼくは改めて思った。

一方で、微妙な違和感も残った。

たとえば劉備という人間の描かれ方である。劉備は「徳の将軍」、人格者で、初めから終わりまでずっと偉い人のままなのだ。偉いというのは地位ではなく人格的に偉いということだが、ムシロ売りから蜀の帝《みかど》にまで成り上がる中で、人間というのは終始一貫人格者でいられるものなのか。しかも、ちょっとショックを受けると劉備ともあろうものが、そのために気絶したり泣きくずれる、その大げさなところも気になった。白髪三千丈《はくはつさんぜんじょう》、つまり愁いのために白髪が九千メートル以上も伸びると表現するような中国が舞台の物語だからある程度はしかたがないが、それにしても不自然だと感じた。尊皇思想や倫理観についての語り口も、やや古びて見える。物語の展開にもスピード感がない。

誤解されるといけないのであらためて書いておくが、ぼくは吉川作品の大ファンで、『三国志』以外にも『宮本武蔵』『鳴門秘帖』などを愛読していた。中学、高校時代の理想の女性は、「お通」(注)だった。日本のエンターテインメントである大衆小説の系譜の中でも、白井《しらい》喬二《きょうじ》や大佛次郎《おさらぎじろう》、中里介山《なかざとかいざん》と並ぶ高みをつくった方だと今でも思っている。ここで述べた批判めいた意見は、ぼくが「三国志」を書くならばこうするのにという、批評的に読み進めていた時点での感想だとご了解いただきたい。

吉川『三国志』の人物造形について、別の視点から見れば、この小説が書かれたのが戦争中だった昭和十四年から十八年(一九三九~四三年)にかけてであるということも、きっと大きな要因ではあるのだろう。日中戦争、太平洋戦争という戦時下に書かれたため、特に尊皇思想という「三国志」の物語の芯やそのエピソードの細部を描くとき、当時の時代的制約や儒教的な倫理観に沿わざるを得なかったのかもしれない。

また、『三国志』は当時の娯楽小説の約束をあえて忠実に守りながら書かれている小説だということも指摘しておきたい。もしこれが、後年の『宮本武蔵』のように、通俗小説の枠を越える覚悟で書かれたものならばいったいどのような作品になっていたのか、ぼくには想像もできない。むしろ、中国で戦争をしていた時代に、他ならぬその中国の英雄たちを主人公にした「三国志」を書き、その物語のおもしろさを広く伝えてくれたという事実に、頭の下がる思いがする。

「歴史」がいかにして「三国志」となりえたか

「三国志」の物語は、日本では元禄年間に出版された『通俗三国志《つうぞくさんごくし》』全五十巻が紹介のされ初めで、その後絵草紙《えぞうし》や芝居にまでなって、広く親しまれてきた。昭和の時代になって吉川作品が登場し、戦後は柴田《しばた》錬三郎《れんざぶろう》など力のある書き手が何人も書いているが、どれも基本的には『三国志演義《えんぎ》』(注)という、おそらく元《げん》の末期か明《みん》が建国される頃に書かれた小説を翻訳、翻案したり、下敷きにしている。

元から明への王朝交代は十四世紀、一三六八年である。日本では足利氏が幕府を開いた室町時代の初期、まさしく南北朝の対立が真っ盛りの頃だ。『演義』の作者は羅《ら》貫中《かんちゅう》とされるが、どんな人だったか詳しくはわかっていない。物語がおもしろいから、作品自体と作者の名前だけが現代まで伝えられてきたのだろう。

吉川『三国志』に続き、元々の物語はどうなっているのかと思い、ぼくもこの『演義』を読んでみた。

読んでわかったのは、吉川作品は『演義』を比較的忠実に小説化していたことだ。「白髪三千丈」のような大げさな表現もやはりそこに由来していた。考えてみれば舞台が千八百年前の中国、書かれたのが日本で言えば南北朝時代、六百年以上も前の物語だから、これはしかたがない。では、『演義』はなぜあのような物語として成立してきたのか、どのような事情であの形になったのか、それを知らない限り自分なりの「三国志」など書けるはずがない。

そこでぼくはさらに、『演義』の下敷きになっているという、『正史三国志《せいしさんごくし》』にも目を通してみることにした。

ぼくはそれまでその存在も正しく知らなかったのだが、『正史』は、陳寿《ちんじゅ》という蜀と晋に史官として仕えていた人が紀元三世紀の末に書いた、魏、蜀、呉の三国の正史だった。正史というのは、中国で王朝の交代があったとき、後からできた王朝の文責で前の王朝の歴史をまとめた新王朝公認の歴史書だ。最初は漢（前漢）の時代に司馬《しば》遷《せん》という人が、中国の神話時代から前漢第七代の皇帝である武帝《ぶてい》の時代までをまとめた『史記《しき》』を書き、次の後漢の時代には班固《はんこ》という人が『漢書《かんじょ》』を書いた。『漢書』は前漢という一つの王朝の歴史だけをまとめたもので、それが、以後の正史という形の手本になったらしい。

『正史』はその『漢書』の次に書かれた正史だった。正しくはただの『三国志』だが、ここでは物語としての「三国志」と区別するため、『正史三国志』としたい。なお本来の順番では『正史』より先に『後漢書《ごかんじょ》』が書かれるべきだったのだが、『後漢書』は『正史』が書かれてから百年以上後の六朝宋《りくちょうそう》（南宋）の時代にまとめられている。戦乱に明け暮れた魏・蜀・呉三国鼎立《ていりつ》時代には後漢の正史をまとめる余裕がなく、陳寿にしても、他の晋の人々にしても、おそらく後漢の歴史より直前の三国時代をいかに歴史としてまとめるかのほうに興味があったのだろう。

さて、『正史』を読むというのはけっこう面倒なことだった。

なぜかというと、「魏書」「蜀書」「呉書」の三つからなる『正史』は、『演義』のように事件や出来事が連なり、全体として起承転結がある物語形式ではなく、正史の常として「人物」ごとにその人の業績や行為をまとめているからだ。

たとえば曹操のことは、「魏書」の皇帝の業績をまとめた「本紀」の中の「武帝紀（武帝とは曹操のこと）」として書かれ、劉備のことは「蜀書」の中の「先主伝《せんしゅ》（蜀の先主の意）」として、孫権のことは「呉書」の中の「呉主伝」として書かれている。

つまり人ごとの一代記、いわゆる「列伝」形式になっているわけなのだ。すると、たとえば「武帝紀」の中には劉備や孫権との話が出てくるし、逆に曹操のことは「先主伝」や「呉主伝」の中にも出てくる。だから「官渡《かんと》の戦い」のように何か一つの事象を見ようと思ったら、それは曹操と中国北部全域で覇権を打ち立てようとしていた袁《えん》紹《しょう》との戦いだから、「武帝紀」はもちろん「魏書・袁紹伝」、それに「魏書・夏侯惇伝《かこうとん》」など曹操の主要な武将の列伝なども読み、タイムテーブルをそろえなければならない。

そうしないと、列伝それぞれの記述は、これも正史の常として簡潔かつ淡々としたものだから、話がわからなかったりするのだった。

ちなみに『正史』は晋王朝の時代に編纂されたものであり、その晋王朝は曹操が建てた魏朝をもとにした王朝だ。そのため「魏書」「蜀書」「呉書」のうち、最も重要性が高いのは「魏書」になる。記録された内容が多いのも「魏書」だ。そのため、ぼくはタイムテーブルを合わせるときに、曹操（「武帝紀」）、曹丕《そうひ》（「文帝紀」）、曹叡《そうえい》（「明帝紀《めいていき》」）を柱にして、そこにその他の人物の行動をはめこんでいった。

このようにして『正史』を読み込み、ようやく物語としての「三国志」がどのように成立してきたのかがわかってきたのである。

『正史』には作為が込められている！

『正史』を読んで「やはり、そうなのだ」と感じたのは、吉川『三国志』でも『三国志演義』でもそこから話が始まり、物語全体のトーンを決定する重要な名場面になっている「桃園《とうえん》の契《ちぎ》り」がなかったことだ。劉備と関羽、張飛《ちょうひ》の三人が出会い、桃の木の下で義兄弟の契りを結んだというエピソードは、「蜀書」の「先主伝」にも「関羽伝」「張飛伝」にもない。それから呂布《りょふ》と董卓《とうたく》という怪物的悪役同士の仲を裂いてしまう傾城《けいせい》の美女貂蝉《ちょうせん》も出てこなかった。

『正史』を読んでわかったもう一つ重要なことは、蜀の劉備や諸葛亮孔明にどこか肩入れをしたような記述の多い『演義』、さらには日本の三国志小説の「歴史観」の出どころだ。

『正史』を書いた陳寿は、はじめ蜀に仕えた文官だった。蜀が滅んで長く浪人暮らしをしていたところを、魏をもとにした晋王朝に拾われた人だった。だから魏・蜀・呉の三国の中では蜀に最も思い入れがあったのだろうが、その思い入れは、三国時代の正史を「魏書」としてではなく「蜀書」「呉書」と併せた「三国志」としてまとめたところにも込められているようだ。

さすがに皇帝の業績であることを示す、いわゆる「本紀」は「魏書」の中にしかなく、蜀の劉備の業績は「蜀書・先主伝」、呉の孫権の業績は「呉書・呉主伝」という一ランク下げた扱いにして差をつけている。後漢に続く中国の王朝の正統性は魏にあると、はっきり示しているのだ。一方で、一見すると内容も分量も魏の皇帝に比べてはるかに少ない蜀の劉備や諸葛亮などの行動は、じつは魏の皇帝の伝記の中、あるいは呉の王の伝記の中にしっかりと書き込まれていたりする。蜀へのシンパシーが、目立たないように『正史』の中に隠されているのだ。つまり『正史』における歴史的正統性は、当然のように曹操、魏の側に置かれているのだが、その裏に曹操を「乱世の奸雄」に仕向けてしまうようなスパイスも盛り込まれていたのである。

歴史観の逆転は必然の流れだった

長く読み継がれた古典には後の時代に「注釈」が付けられる。『正史三国志』にも、六朝宋（南宋）の時代に裴松之《はいしょうし》という人が時の皇帝から命じられ、陳寿が書いた本文の三倍にも及ぶ膨大な注釈を付けていた。今知られている『正史』とは、実はこの裴松之注まで含めたものだ。

裴松之は、三国時代やその前後の時代の史料を基に、陳寿が正史を書くときに省略した事実やそぎ落とした異説、エピソードの類《たぐ》いまで加えて、詳しく注釈した。そしてその異説、エピソードの中に、後に『演義』という物語としてまとめられる話のタネがあった。「桃園の契り」こそ、羅貫中かあるいはそれ以前に「三国志」が芝居や今でいう漫画の形で広まっていく中でつくりあげられた創作らしく、裴松之の注にはない。しかしたとえば、「曹操が漢の宮廷を掌握した董卓の手を逃れ故郷に逃げ帰る」という正史の記述に、裴松之は、「途中で襲われたが曹操自ら剣を抜いて斬り殺した」と注した他に、「疑心暗鬼に陥って助けてくれようとした一家を皆殺しにした」とか、

「それが間違いとわかったのに自分は人を裏切ってもいいのだと開き直った」といった二つの異説を紹介している。二つ目と三つ目の異説を採用して物語を膨らませれば、曹操の人物造形がどうなるか十分想像がつくだろう。

注釈まで読んだとき、ぼくは何となくわかった気がしたのだった。『演義』という物語は、裴松之注の曹操奸雄説的な要素や、これは『正史』自体でもその傾向があるのだが、徹頭徹尾「徳の将軍」として描かれる劉備のエピソードなどをうまくつなぎ合わせることで成立してきたのではないか。そしておそらく、裴松之注釈版が世に出た五世紀初めから、『演義』がまとめられた十四世紀後半までのどこかで、魏・蜀・呉の中で王朝としての正統性を持っていたのは魏でなく蜀であるという歴史観の逆転が起こった。その逆転には劉備が後漢の再興を志すという尊皇の人だったからだという理屈づけがなされた……。

紀元前から儒教の教えがあり、建て前としては武力で権力を握る覇道より禅譲《ぜんじょう》のほうが倫理的だとされていた中国では、逆転後の歴史観は非常にわかりやすく、人々に受け入れられやすいものだったと思う。

と、ここまで考えたとき、自分で「三国志」を書くための準備と勉強は終わっていた。『正史』は歴史そのものなので、大きなストーリーの流れはしっかりしている。その流れに沿いながら、ときに『演義』の物語も思い出しつつ、いろいろな人間が夢を見、生きて、戦い、滅びていくところを書く。そうすると、南北朝を描いた小説などで書ききれなかったことも、リアリティのあるダイナミックな物語として書けると確信できたのだ。

それは具体的にはどういうことか？　劉備と関羽、張飛たちの出会いの物語とともに、1章以降で解き明かしていくことにする。

一章　劉備・関羽・張飛——男の出会いとは

「私と張飛《ちょうひ》を、その覇業に加えていただけませんか？」

言っていた。そう言わなければならないような気分に、関羽《かんう》は襲われていたのである。天下を取るということについては、実感などまるでなかった。ただ、自分が考えつきもしないようなことを考えている人間が、眼の前にいる。人生は捨てたものではない、と思った。

「加わると言うと？」

「劉備玄徳《りゅうびげんとく》様のもとで、われら二人は働きたいと思います」（北方謙三『三国志』一の巻）

『三国志演義《えんぎ》』は、劉備と関羽、張飛の出会いを描く「桃園《とうえん》の契《ちぎ》り」から物語を始めている。『三国志』を書き始めるとき、ぼくも頭の中には「男と男の出会い」を書くということしかなかった。たとえば劉備と曹操《そうそう》、呂布《りょふ》との間の苛烈《かれつ》な殺し合いですら、出会いというものの一つの形。そう考えると、この物語は第一に男と男の出会いの、そしてその結果としての滅《ほろ》びの物語だからである。義兄弟となるか、殺し合う敵同士となるか。いずれにせよ、出会いをどれだけ激しく深く描けるかがぼくのテーマになると予感していた。

男たちの出会いの最初の舞台は、中原《ちゅうげん》と呼ばれる後漢の帝都、司《し》州の洛陽《らくよう》を中心にする黄河《こうが》中流域一帯。それぞれの野心を胸に、侠勇《きょうゆう》たちがその舞台の上に登ってくる。そこで出会うとはどんなことだったのか。劉備と関羽、張飛三人の出会いから始めたい。

動乱の時代の始まり

二世紀末、前漢の時代から数えると四百年近く、光武帝《こうぶてい》が後漢として再興してからでも二百年近くを経て、漢の国は乱れていた。原因となったのは(注)宦官《かんがん》の専横《せんおう》だった。宦官政治はいわば側近政治であり、国の意思決定機構を歪《ゆが》め、売官《ばいかん》などの腐敗を招き寄せる。前漢が一時国を奪われたのも(注)外戚《がいせき》と宦官が政治の実権を握り、恣意《しい》的な政治を行なったためだったが、後漢もその轍《てつ》を踏もうとしていたのである。時の皇帝・霊《れい》帝《てい》は柔弱で、乱れを正す意志も力もなかった。帝室の威光は帝都洛陽の周辺にしか届かず、地方では半ば土着・豪族化した地方官が勢威を振るっていた。

朽ちかけた木となった後漢に決定的な一撃を加えたのは、黄巾《こうきん》の乱だ。西暦一八四年、中国北部で急速に勢力を伸ばした「太平道」(注)という新興宗教の信徒が、漢の天命は革《あらた》まったとして、教祖で天公《てんこう》将軍を自称した張角《ちょうかく》の指揮のもと反乱を起こしたのだ。黄巾の名は、信徒たちが目印として黄色の布を頭に巻いたことに由来する。張角の病没後、黄巾の乱を率いた張角の弟、張梁・張宝が討伐軍(注)の手で討たれて反乱は約一年でひとまず収束に向かうが、後漢という国家に与えた影響は大きかった。反乱を鎮定するため全国から軍を動員し、その軍が信仰のため命を惜しまぬ反乱軍と戦う過程で、人々の間に軍事力というものを強く意識させる結果になったのである。

軍人たちが歴史の表舞台に上がってきた。政治的な争いも、すでに宦官と貴族、官僚だけがプレーヤーとなる宮廷内の争いではすまなくなった。洛陽でも地方でも、兵を養う貴族や地方官の存在が重みを増した。

国が皇帝の威光でなく、軍事力でしか治められなくなった時代を「乱世」と呼ぶ。

黄巾の乱勃発から五年後の一八九年。霊帝が崩御《ほうぎょ》し十六歳の少帝《しょうてい》が即位すると、乱世は一気に加速した。洛陽で、皇帝の外戚(注)で実力者だった何進《かしん》の暗殺、暗殺の報復として行なわれた名門貴族の武将・(注)袁紹《えんしょう》による宦官の大虐殺、西域の涼《りょう》州に派遣されていた将軍・(注)董卓《とうたく》による洛陽占拠、さらに少帝廃位とその弟の献帝《けんてい》即位という大事件が、わずかひと月の間に立て続けに勃発する。まさしく乱世である。国のため、民のためという名分もルールもない、末期的な状況だった。

しかし乱世は、武勇に優れ、侠気《きょうき》にあふれた男たちを輩出させる。平時ならただ遊《ゆう》侠《きょう》の徒《と》、粗暴な輩《やから》と呼ばれ嫌われるに違いないそんな男たちを、ぼくは「侠勇」と呼んでいる。黄巾の乱の前後に名を挙げた騎都尉《きとい》（近衛騎兵隊長）の曹操、長江《ちょうこう》南岸の揚州・呉《ご》の地方官だった孫堅《そんけん》。中原から海沿いの諸州まで転戦して地歩を固めつつあった、若き騎都尉の公孫瓚《こうそんさん》。その年上の友人で、仲間を募《つの》り義勇軍として黄巾の乱討伐に参加した劉備。まだ二十代前半から三十代初めだった彼らこそ、若き侠勇たちだった。そしてその背後には、未《いま》だ無名の侠勇たちが無数に存在していたはずだとぼくは思う。

洛陽で権力を握った董卓は、その後も一年以上にわたって洛陽占拠を続け、専横の限りを尽くした。やがて反董卓の動きがいよいよ激しくなると、董卓は献帝を擁して洛陽から西方の旧都、雍《よう》州の長安《ちょうあん》に移り、住民にも移住を強《し》いて洛陽に火を放った。

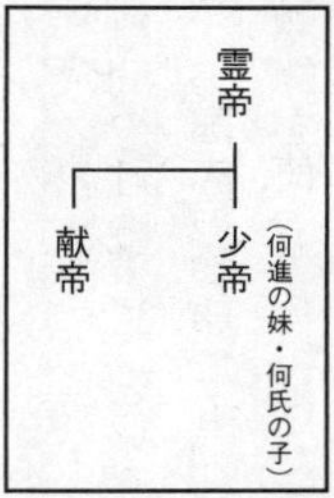

●宦官（濁流）と外戚ら（清流）の対立

宦官（濁流） 十常侍（張譲、段珪、蹇碩ら）	×	外戚・豪族・士人（清流） 何進、袁紹、孔融、王允ら

●２世紀末　後漢王朝の政権争い

	党錮の禁（清流派士人に対する政治的弾圧）
184年	何皇后の兄・何進が宦官の後押しで大将軍に。党錮の禁を解除
189年	霊帝崩御。少帝が即位（何進・宦官が支持）(注)
	何進が各地の豪族を招聘
	何進が袁紹と宦官誅滅を計画
	蹇碩を誅殺。宦官との対決姿勢が決定的に
	何太后が宦官誅滅に反対する
	何進が宦官らの罠で宮中に招かれ、殺害される
	袁紹・袁術が宮中に乗り込み、宦官を大虐殺

（注）このころまで何進は宦官派と見られていた

●董卓と反董卓連合軍

189年	董卓が少帝、陳留王を保護
	董卓が少帝を廃位、陳留王を献帝に即位させる
	袁紹、袁術、曹操らが洛陽を脱出
190年	反董卓連合軍（盟主に袁紹）が挙兵して酸棗に集結
	孫堅が董卓軍に挑み、華雄を討つ
	袁術からの兵糧が途絶え、孫堅が危機に立つ
	董卓が長安遷都。洛陽を焼き払い、歴代皇帝の陵墓を荒らす
	曹操が董卓軍を追って惨敗
	孫堅が洛陽に入城。伝国の玉璽を手に入れる
192年	董卓が呂布に殺害される

火は帝都を灰燼《かいじん》に帰せしめる。廃墟となった洛陽からは、ただ煙が天に向かって上がり続けるばかり。しかしその煙こそ、侠勇たちに新しい時代の到来を告げる狼煙《のろし》だった。

「桃園の契り」はいらない

「離間《りかん》の計《けい》（策）」という言葉がある。人と人や国と国を仲たがいさせる謀略のことで、三国志の物語でも、官僚の王允《おういん》が董卓とその配下の猛将呂布を標的に、絶世の美女貂蟬《ちょうせん》を使って仕掛けたのを筆頭にしてたびたび登場する陰謀手法である。しかし、後に蜀《しょく》の国を建てることになる三国志の主人公の一人劉備と、若くしてその義兄弟となった二人の豪傑、関羽と張飛三人の仲は、数々の離間の計を仕掛けられたと思えるが、生涯変わることがなかったとされる。『三国志演義』という物語が幅広い支持を受けてきたのも、かなりの部分を三人の交わりを読む心地よさというものに負っているのではないか。

さて『演義』の中で、三人の初めての出会いは次のように描かれている。

黄巾の乱が起きたとき、故郷の幽《ゆう》州・涿県《たくけん》でムシロ売りをして暮らしていた劉備は、黄巾討伐のための義勇軍募集の立て札を前にため息をついていた。すると、なぜため息などつくのだと聞いてくる男がいる。張飛だった。劉備が、「自分は漢王朝の血筋をくむ者で、国のため民のため義勇軍に参加したいが、資金も力も不足しているからだ」と答えると、張飛は酒屋に誘い、一緒に参加しようと酒を酌み交わす。酒屋で二人はもう一人義勇軍に参加しようという男に出くわす。それが関羽で、たちまち意気投合した。翌日、張飛の家の裏にある満開の桃の木の下で、三人は義兄弟の契りを結び、「姓は違い生まれた日が別でも、死ぬのは同じ日だ」と誓い合う（『演義』第一回）。

「桃園の契り」あるいは「桃園結義」として知られる場面である。

「桃園の契り」は物語の始まりとしては確かにおもしろいが、それは民話伝説を聞いたときのようなおもしろさで、男と男の出会いとして考えると、ぼくにはあまりリアリティが感じられなかった。漢の皇帝と同じ劉姓で、中山靖王《ちゅうざんせいおう》（紀元前一世紀頃の人で前漢・景帝《けいてい》の子）の末裔《まつえい》と聞いたにしても、それで会ってすぐに「生死を共にしよう、死ぬときは一緒だ」とはならないと思ったのである。

「桃園の契り」は『演義』のオリジナルで、『正史三国志』には記述がない。三人の本当の出会いはどんなものだったのか。まず『正史』を手がかりにしてみよう。『正史』によると、三人それぞれの年齢は、関羽が劉備とほぼ同年だが少しだけ（おそらく一～二歳）若く、張飛はその関羽より数歳（おそらく三～四歳）若い。黄巾の乱が起きて義勇軍募集が行なわれたのは一八四年のことで、劉備の生まれは一六一年だから、そのとき劉備は二十三歳とまだ若い。張飛など十八歳ぐらいの少年といってもいい。

また、幽州《ゆう》に生まれた劉備は、十五歳のとき母の計《はか》らいで遊学までさせてもらいながら、黄巾討伐の義勇軍に参加した二十代の中頃まで仕官もできていなかった。おそらく誇れるものといえば血筋を示す劉の姓ぐらいしかなく、毎日鬱々《うつうつ》として母の編《あ》んだムシロを売っていたのだろう。張飛については劉備と同じ出身とあるだけで前歴は定かでないが、関羽は事情があって別の土地から出奔《しゅつぽん》してきていたとある。

つまり三人は、人より少々広く世間を見てきたり（劉備）、腕に多少の覚えはあったりするが（張飛と関羽）、未だ何者でもない若く無名の乱世の侠勇だったのではないか。劉備がムシロ売りに甘んじていたのも、売官腐敗《ばいかんふはい》が横行する仕官の道をあえて避けたというところがあるのではないか。

そこでぼくは、劉備たち三人は義勇軍に応募する前に会っている、劉備の指揮下で馬運びの仕事を一緒にやってみて、劉備というのはなかなか信用できるやつだ、腕《うで》っ節《ぷし》は自分より弱いが尊敬できるやつじゃないかとなり、義勇軍に応募するときに義兄弟になるという出会いを考えたのだった。

だからぼくの『三国志』には、「桃園の契り」はない。男と男が出会ったら、まずお互いの器量を「計り合う」もの。絆《きずな》が結ばれるのは、その上で認め合うものがあったとき。それは今も昔もおそらく変わらないだろうし、侠勇と呼ばれるにふさわしい男であるほどそうなのだと思っている。

流浪の二十四年を支えた絆の中身

黄巾の乱の収束後、劉備は討伐義勇軍に参加した功により県の都尉《とい》（警察署長）に任ぜられる。関羽、張飛など配下とともに任地に赴いたが、郡から派遣された監察官と悶着《もんちゃく》を起こすと、都尉の職を簡単になげうち、再び義勇の隊として中原各地の小規模な反乱や賊を討伐する戦場暮らしに戻った。功績を上げて官職を得る機会もあったが、宮仕《みやづか》えは長続きしない。そのうちに董卓の洛陽占拠という大事件が起こると、袁紹ら諸侯の董卓討伐軍に参加。遊学時代に知り合っていた公孫瓚が袁紹と対立すると、公孫瓚を助けて戦った。すでに最初の義勇軍旗揚げから八年。そのほとんどが戦いに次ぐ日々だった。

しかし、劉備たち三人の根拠地を持たない流浪の日々は、その後も長く続く。少し長く落ち着いたのは、劉備が徐《じょ》州の牧《ぼく》（軍権を持った知事）の地位に就いた十年目からの二年間ほどで、その後も曹操やその曹操の敵方の袁紹の客将になったり、荊《けい》州の刺史《しし》（知事）劉表《りゅうひょう》の客将になったりと、中国中央部全域を転戦する年月だった。ようやく荊州南部を根拠地らしきものとしたのは、呉と連合して曹操と戦った「赤壁《せきへき》の戦い（二〇八年）」後のことである。旗揚げから二十四年もたっていた。

二十四年もの間、落ち着ける場所もなく戦《いくさ》を続け、死地をさまよいながら、関羽と張飛は劉備を見捨てなかったのだ。機会がなかったわけではない。たとえば関羽は、曹操と袁紹が戦った「官渡《かんと》の戦い（二〇〇年）」の直前、劉備の妻子とともに(注)曹操に捕らえられたとき、曹操から配下となることを強く求められている。しかし関羽はこう言って断る。

「私は劉将軍から厚い恩義を受けており、いっしょに死のうと誓った仲です。あの方を裏切ることはできません」（『正史』「蜀書・関羽伝」）

関羽も張飛もなぜ、劉備と共にあることを選び続けることができたのか。それが侠気だったと言えばそれまでだが、三人の関係をもう少し推理してみたい。

関羽と張飛が劉備を見捨てなかったのは、劉備が自分よりすべての面で抜きん出ていた男だったからということでは正しいとは言えないだろう。二人とも、「一人で一万人の敵を相手にすることができる」と言われたほどの男である。けんかでも戦《いくさ》でも負けない自信はあったはずなのだ。また、『正史』（「蜀書・先主伝」）には、劉備は身分の低い兵士でも同じ席でもてなしたりする「恩愛の人」だったとある。関羽、張飛に続く武将の趙雲《ちょううん》に対しても、別れのとき手を握って離さなかったり、同じ床に横になって密議をかわしたりしたらしい（「蜀書・趙雲伝・裴松之注」）。劉備が、良く言えば率直で心優しい人好きのする男、悪く言えば「人たらし」だったことは間違いない。が、「理と剛情の人」とも評された関羽や、「情がない」とまで言われるほど人に厳しい張飛が、劉備のその側面だけで、生涯「たらされ続ける」はずはないとぼくは思う。

これはぼくの仮説だが、二人は劉備に、弱く、情けないところがあるとよく知っていたから、劉備と行動を共にし続けたのではないか。張飛などは、曹操に急襲されるや妻子を捨てて逃亡する劉備を、自分の体を張って護《まも》っている。劉備には本当に強い腕っ節や情に流されない決断力がない、それは俺が補ってやらなければ……。自分がいないとこの人はだめになる。男でも女でもそんな気持が人を深みにはまらせるものだ。

結局、劉備と関羽と張飛は三人で一人、だめな部分をそれぞれ相補う関係だったというのが、ぼくの結論だ。だからぼくは、黄巾の乱の後に任命された官職(注)をなげうつ原因となった事件も、『正史』では劉備が無礼な監察官に怒って打擲《ちょうちゃく》したとなっているものを、張飛に引き受けさせるという改変をした。劉備のだめな部分は張飛が、そして関羽が引き受ける。極端に言うと三人で一人格のようなものだから、これは途中で別れるわけにはいかない関係なのである。

劉備だけがもつ力とは

では、関羽と張飛にとって、劉備のだめでない部分とはどこだったのか。

劉備たちが無位無官で流浪している間、黄巾の乱でも反董卓の戦いでも名を挙げた曹操は、すでに一九〇年代中頃には、後漢の名門出身で、董卓が滅んだ後は最大の実力者だった袁紹に迫る地歩を確保していた。そしてついに献帝《けんてい》(注)を手中に収めると、軍事力とともに献帝という名分を道具にして、統一に向けたさらに激しい戦《いくさ》の日々に入るのである。このとき対照的だったのは袁紹だ。その機会はあったにもかかわらず、そして献帝を守り立てるならこの人という世評があったにもかかわらず、自陣に献帝を招くことはなかった。乱世の覇者に最も近い位置にいる自分が、新しい王朝を開くというつもりでいたのだった。

乱世の武人実力者として、どちらもある意味で当然の結論だろう。皇帝とはいえ力なきものが消えていくのはしかたがなかった。曹操と袁紹で判断が分かれたのは、道具、建て前として皇帝が使えるかどうかということにすぎない。

しかし、劉備にとっては違った。

曹操や袁紹と違い、また公孫瓚や孫堅など他の乱世の有力者とも違って、劉備には資金も領地も譜代の兵隊も、本当の意味での家柄もなかった。あったのは劉姓だけというのが、『正史』での描き方である。蜀出身の陳寿《ちんじゅ》が描いたものだからシンパシーの対象は劉備にあり、最初のこの部分ですらやや大げさに描かれている可能性はある。しかし、実際にも『正史』の記述と似たようなものだったのではないか。

すると、覇権争いをする群雄たちと伍《ご》していけるのは、勝利を重ねていけば大きくなる可能性のある軍事力というものを別にすると、なぜ戦うかという理念だけになる。後漢を護るという理念、漢の帝室への尊皇思想だ。その思想を、ぼくは劉備が諸葛亮《しょかつりょう》孔明《こうめい》に語るものとして、次のように語らせた。

「漢王室が四百年続けば高貴な血になっている。たやすく取って代わろうとする者は出なくなる。千年続けば、触れてはならないものになる。その時、その血は国の秩序の中心になっている。国には、そういう秩序の中心が必要だ」

劉備が関羽や張飛との出会いで語ったのは、実際には漢四百年の恩義とか忠節の大事さとか、当時の尊皇思想に則《のっと》ったもののはずだ。しかし、曹操や袁紹が当初の建て前を捨てて覇道に邁進《まいしん》していく中、相変わらずその建て前だけを語り続ける劉備を、二人はやはり信頼に値する人と思ったに違いない。あるいは情勢判断ができないしかたのない人だ、これはやはり俺がついていなければと。その是非はよくわからないが、苦笑しつつ劉備の志《こころざし》をかついだ。それがぼくの理解である。

尊皇という建て前だけを言いつのる劉備と、行動を共にした関羽と張飛。そのため二十四年も流浪し、命をかけた戦いもそのほとんどは劉備が同盟した相手のための戦いだった。劉備のためだけに戦えるようになったのは、中原の西、益《えき》州に入って蜀《しょく》を建てる直前になってからにすぎない。「一人で一万人の敵を相手に戦うことができる」二人である。もし、曹操についていれば、孫権についていれば、史実としての「三国志」も少し異なる展開になっていたかもしれない。ただぼくは思うのだ。出会えたことそれだけでよかったと思える、きわめて幸福な出会いというものがある。

三峡の風景／撮影著者

2章　曹操――覇道を歩む孤高の英雄

「追撃せよ。全軍で、董卓《とうたく》を討ち果すべきではないか。それが義軍であろう」

強硬に追撃を主張したのは、曹操《そうそう》ひとりだった。袁紹《えんしょう》は、力なくうなだれている。他の諸侯も、ほかがどう出るか、ということだけを気にしていた。

「わが軍は、出撃する。諸侯がどうされようと、それが義軍だと思うからだ」

五千。一緒に出撃しよう、と言い出す者はいなかった。持っていた杯を卓に叩きつけ、憤然と曹操は席を蹴った。

（北方謙三『三国志』一の巻）


「乱世の奸雄《かんゆう》」。曹操を、『正史三国志《せいしさんごくし》』で陳寿《ちんじゅ》は、許子将《きょししょう》という人物の言葉を借りてこう評した。対《つい》で語られている「治世《ちせい》の能臣《のうしん》」は背景に沈み、「徳の将軍」劉備《りゅうび》に対する悪役曹操の世評がここに決することになる。しかし天下三分が成ったとき、曹操が華北《かほく》全域を押さえ、後漢《ごかん》時代の十四州統一まであとわずかに迫ることができたのは、奸智《かんち》に長《た》けていたからなのか。曹操こそ、「三国志」という物語の中で、苛烈に戦うこと、戦い続けることに最も純粋な戦人《いくさびと》だったようにぼくには思えるのだ。

董卓と死戦し、呂布《りょふ》を滅し、袁紹と拮抗し、劉備と争う。なぜそんなに戦うことを欲したのか。戦って何を得ようとしたのか。曹操という生き方を見てみよう。

董卓の天下が「乱世」を加速させた

後漢の命運はすでに決していた。

西暦一八九年、董卓は少帝《しょうてい》守護の名目で司《し》州・洛陽に軍を入れると、直《ただ》ちに政治の実権を握る。そして少帝が暗愚と見るやこれを廃し、陳留王《ちんりゅうおう》を立てて献帝《けんてい》とする。漢朝簒奪《さんだつ》。何進《かしん》の暗殺から、まだわずかひと月あまりしか経っていなかった。

董卓の専横《せんおう》、暴虐は凄《すさ》まじかった。

廃帝劉弁《りゅうべん》（少帝）を殺し、批判する者、意に沿わぬ者は殺すか投獄するかした。地方の諸侯が連合して反董卓の動きを見せると、献帝と住民を西の旧都、雍《よう》州・長安《ちょうあん》に移した。夜ごと酒宴に耽《ふけ》り、捕虜を切り刻んで大鍋で煮込んだりした。果ては長安城外に壮大な城をつくらせて一族の住処《すみか》とし、三十年分の穀物や若い美女八百人を集めさせた。

董卓の簒奪がようやく終わったのは、三年目の一九二年のことだった。董卓を支えた猛将・呂布に殺されたのである。

董卓について、徳も能力もない者がたまたま権力の座につくと私利私欲に走り暴虐をなすものだと、まるで儒学者のようにまとめるつもりはぼくにはない。董卓の最大の罪あるいは功績は、皇帝から権威という被いをはぎ取れば軍事力を持つ者の道具にすぎないと、誰の目にもわからせてしまったことにある。罪を見るものは尊皇の旗を掲げ、功績と見るものは覇者の道を選ぶ。

いずれにせよ、董卓の三年間が「乱世」を加速させたのだ。

曹操が英雄への道を踏み出したとき

曹操は、その董卓と最も苛烈に戦おうとした男である。

生まれは、中原のほぼ中央、洛陽の南東に位置する豫《よ》州。まだ霊帝の御代《みよ》の一七五年に洛陽に上り、帝都の治安担当士官となった。潔癖な性格で、非があれば高官でも厳しく処断した。黄巾の乱が勃発すると騎都尉《きとい》（近衛騎兵隊長）として討伐軍に加わり、功績を挙げて国の相《しょう》（王族独立領の行政長官）に任ぜられたが、その後病気を理由に故郷に引きこもった。『正史』裴松之《はいしょうし》の注からは、洛陽では貴族、外戚、宦官の専横を目《ま》の当たりにし、地方でも官吏の腐敗堕落を目にして、やる気を失った様子が見て取れる。しかし皇帝直属の武官職(注)「西園八校尉《せいえんはちこうい》」新設にあたって召し出され、董卓入城時は洛陽にいた。

董卓入城後の曹操の行動を見よう。

少帝廃位を見るや、直ちに洛陽を脱出。三か月後には故郷で五千の兵を集め、董卓を追討すべく挙兵。各地の武将に檄文《げきぶん》を送って挙兵を促し、翌月、袁紹ら諸侯が連合した反董卓軍に合流。しかし兗《えん》州・酸棗《さんそう》に集まった連合軍はなかなか動こうとしない。名門出身の実力者袁紹を盟主に定め、各軍を要所に配置しただけで、毎日軍議と酒宴を繰り返すだけだった。

戦う構えが見えない。曹操は激発し、軍議で叫ぶ。

「正義の軍を起こして暴乱をこらしめるのだ。大軍勢がすでにせいぞろいしているのに、諸君は何をためらっているのか」（『正史』「魏書・武帝紀」）

自陣に戻ると五千の寡兵だけで出撃した。無謀な出撃だった。董卓軍の将、徐栄《じょえい》の大軍に遭遇し、敗れた。兵のほとんどを失った。自らも負傷して馬を失い、包囲され殺されかけたほどの、散々の負け戦《いくさ》だった。

負傷した姿のまま軍議の場に戻った曹操は、諸侯に改めて呼びかけた。戦おう、勝つ手はまだある。

それでも諸侯は動かなかった。

諸侯の肚《はら》の内を言葉にすればこうなる。董卓は懲らしめるべきだが、拙速は愚だ。なにしろ我々はお前さんと違って、負けたら失うものが多すぎるんでね。袁紹をはじめ諸侯の多くが官から任命された郡太守や州刺史《しし》（どちらも地方

【反董卓連合勢力図】

行政官）で、地方に豊かで広大な支配地があった。大軍で対峙している限り、董卓にその支配地を侵される懸念はないし、将来の自領侵略への警告にもなる。急いで曹操が言う決戦をする必要はなかった。

袁紹などは、その間に、王族の一人を新しい皇帝に立てようと画策《かくさく》していた。名分さえ立てば、漢の皇帝は何も、董卓が押さえている献帝でなくてよかったからだ。

結局、曹操の主張は受け入れられなかった。

反董卓の戦いは、献帝が長安に移され、洛陽が焼かれて、一度も大決戦が行なわれないまま戦線が分散していく。曹操は相当悔しかったに違いない。しかしぼくは、このときの主張が、曹操を曹操にしたのだと思っている。

ぼくの『三国志』では、徐栄に大敗して帰った曹操にこんな台詞《せりふ》を言わせている。

「私は闘って負けた。そして諸君は、闘わずして負けたのだ。私は、闘わずして負けた諸君に、訣別を告げる」

自分は私利私欲のためでなく、戦うべきときに戦う。お前たちとは違う。曹操の諸侯に対する独立宣言だった。そして、滅びをかけても戦うという、曹操の生涯続くスタイルの自己確認だった。英雄とは、なすべきことをたとえ一人でもやり抜こうとする者のことである。その時、曹操は英雄への道を踏み出した。

それにしても曹操とは、純粋すぎるほど純粋だと思わないだろうか。その純粋性はおそらく、曹操の出自に由来している。

「曹騰《そうとう》が中常侍《ちゅうじょうじ》・大長秋《だいちょうしゅう》となり、費亭侯《ひ》に封ぜられた。養子の曹嵩《そうすう》が爵位をつぎ、（……）曹嵩は太祖《たいそ》（曹操）を生んだ」（『正史』「魏書・武帝紀」）

「中常侍」は宦官《かんがん》の官名だ。曹操は宦官の家系だった。宮廷の腐敗堕落、ひいては後漢衰退の元凶とも目されていた、宦官。曹操には汚濁にまみれた家系に生まれたという思いがあったのではないか。そのコンプレックスが、曹操を宦官というものと対極にある純粋性のほうに駆り立てた、というのがぼくの理解である。

何が覇業には必要なのか

曹操と、袁紹など諸侯との訣別《けつべつ》。それは「漢朝護持《ごじ》」という建て前を貫き通すかどうかをめぐる分岐でもある。国家観をめぐる分岐と言ってもいい。

曹操ですら、純粋に漢朝護持を思っていたわけではないとぼくは思う。他に拠《よ》るべきものを持たず、尊皇という思いにかけるしかない劉備とは違うのだ。何より、宦官や姦臣《かんしん》の専横、腐敗堕落を正す力も、意志もない王室の実態を見すぎてきた。血筋を引いていれば誰でもいいわけではない。ただ、大事なのは歪《ゆが》められた国の形を正すこと。国の形の根本とは王朝である。その王朝が今危機に瀕《ひん》している。従ってまず建て前でも漢朝護持を貫き通すべし。それが曹操の思いだったのではないか。

しかし、袁紹など既得権《きとくけん》にどっぷりひたっていた諸侯たちには、国の形について曹操のような危機感がない。大事なのは混乱を回復させること。場合によってはその手段として王族の皇帝擁立《ようりつ》もあり得る。実際、袁紹は後漢の初代皇帝・光武帝《こうぶてい》の血を引く幽州刺史、劉虞《りゅうぐ》擁立を図る。皇帝も道具。「漢朝護持」はもはやまったくの建て前だった。

曹操と袁紹のどちらの国家観が正しかったのか、違う国違う時代に生きるぼくたちにはわかりようがない。しかし命がけで意地と名分を通した曹操に、「奸雄」という言葉とは裏腹な印象を抱いてしまうのはぼくだけであるまい。

曹操が反董卓連合軍と訣別した、一九〇年の初頭。敗残の曹操軍はその数わずか数百人にまで減っていた。董卓討伐、後漢の国の乱を治めるという、一度やろうとし一人でもやると宣言したことを実現するには、力を蓄えねばならない。それも一から出直しを迫られた曹操は、南部の揚州《よう》あたりまで出向いて新たに兵を募集し、中原のほぼ中央に位置する豫《よ》州や兗《えん》州の各地に駐屯しつつ、兵を養った。

ただし、時間はなかった。董卓はその間、ますます暴虐の度合いを増していた。袁紹は着々と、王族の劉虞を献帝とは別の皇帝に擁立する計画を進めていた。必然、曹操は戦いながら大きくなるという道を選ぶ。戦って、勝つ。そして支配地を広げるとともに、捕虜や降伏してきた兵士を自軍に組み入れるのである。必要に迫られて選んだ、力で押し通す覇者の道、儒家の嫌う覇道だが、指摘されても曹操なら笑い飛ばしたことだろう。皇帝ならぬ一介の武人がこの乱世を正そうと思ったとき、他に道があるかと。

その時期から曹操は、兵や武将だけでなく、荀彧《じゅんいく》を筆頭として文官の人材も熱心に集めている。荀彧はそれまで袁紹の下で文官として働いていた人物だった。使えると見た曹操はいきなり司馬《しば》(軍の部隊長)に任命。以後荀彧は曹操の参謀役として行動を共にし、兵站《へいたん》面や後年には民政でも貢献したとされる。荀彧の登用は、甥の荀攸《じゅんゆう》や博学多才の程昱《ていいく》、軍略に優れた郭嘉《かくか》など、多くの一流の人材を集めることにもつながっている。

劉備の下の人材は武人が圧倒的で、文官ではようやく諸葛亮孔明にめぐりあえたというところがある。「治世の能臣」曹操は文官の重要性もよく意識し、しかも武人の才能以外を見極める目もあったということだろう。

やがて、曹操に大きな転機がやってきた。

曹操が豫州北隣の兗州に拠点を置くようになっていた一九二年半ば、黄巾の乱を起こした太平道の勢力が再び盛り返し、兗州の東で海沿いの青州から百万人の規模で兗州になだれ込んできた。それを青州黄巾軍《せいしゅうこうきん》と呼ぶ。

青州黄巾軍は、黄巾の乱と同じく、後漢王朝の終わりと太平道の時代の到来を叫ぶ民衆反乱勢力だ。しかし、漢の討伐部隊と長く戦ってきた上、前年には中原の北西辺で勢力を蓄えてきた公孫瓚《こうそんさん》の軍と戦うなど、正規軍を相手にした戦闘も経験していた。強かった。迎え撃った兗州牧の劉岱《りゅうたい》は、あっけなく返り討ちにあう。残された劉岱の配下は、曹操に兗州牧就任を要請した。守ってほしいということである。

曹操が動員できる兵力は劉岱の軍を合わせても、三万。しかも今回は前のように各地で蜂起した相手を個別撃破するわけではない。百万をまとめて相手にする戦いだ。考えどころだったはずだが、曹操は申し出に応じる。しかも撃って出て、三十倍を超える数の敵と対峙した。局地戦で勝利をおさめたが、すぐに膠着《こうちゃく》。が、長い交渉の末に降伏させた。

曹操は勝った。転機とは、しかし勝ったこと自体ではない。勝った結果、子どもから老人、女性まで含む青州黄巾軍百万人中の三十万を超える壮年男子から、精鋭を曹操軍に組み込んだことを指す。降兵は普通なら別々の部隊に分けて配置するが、あまりの多さにできず、一部隊として「青州兵」と呼んだ。大量の青州兵の加入で、曹操は一躍、当時の群雄の中で最も有力だった袁紹に次ぐ軍事力を得た。

十分な数の兵士、兗州という根拠地、支配地を経営し兵站を確保する人材。曹操は必要だったものすべてを得た。覇業が始まった。

戦人曹操が心を開くとき

おそらく、群雄居並ぶ三国時代で最も英雄らしい英雄は、曹操である。

青州兵を吸収した後、曹操は一九〇年代を通して戦い続けた。孫子《そんし》の兵法を今ある形にまとめたほどの軍事理論知識と、青州兵などの練度の高い直轄軍《ちょっかつぐん》を駆使して。袁紹の弟袁術《えんじゅつ》、徐州牧《ぼく》の陶謙《とうけん》、陶謙を助けた劉備、董卓を殺した呂布、董卓の後を継いだ李傕《りかく》と郭汜《かくし》、長年の宿敵袁紹といった群雄たちと戦い、次々に撃破した。負け戦で何度か死地に追い込まれたりもしたが、結局生き残っているのは曹操のほうだった。呂布を殺してその騎馬隊を吸収した後は、騎馬隊を機動戦力として使う戦術を編み出し、しばしば勝ちを握った。

なお、劉備だけは殺されていないが、それは劉備軍が強かったためではない。劉備軍がまだ流浪時代で、その最大の目的が勝つことより生き残ることだったからと思う。曹操が生涯に直接戦った戦闘は六十七。凄まじいばかりの数である。なぜ、かくも激しく戦ったのか。自分の手で漢土十四州を統一したかったのは確かだと思う。しかしそれは覇道を生きたことなのか、それとも漢朝護持を貫くためだったのか。ぼくの脳裏にはただ、戦場に向けて騎馬で疾走する曹操の後ろ姿が浮かんでくるばかりだ。

孤高の戦人《いくさびと》、曹操。

ぼくは小説家の特権を行使し、劉備にとっての関羽と張飛のような存在を曹操にも与えたいと思い、猛将・許褚《きょちょ》にその役割を託した。そして、しゃべらず、笑わず、ひたすら曹操に随従し尽くすという設定の許褚に、ただ一度だけ涙を流させた。

呉《ご》攻めの赤壁《せきへき》で負けたあと、許褚に助けられきわどいところで追撃をかわした曹操が、月明かりの荒野を見ながらこんな詩を詠《よ》む場面だ。

奈何《いかん》ぞや此《こ》の征夫《いくさびと》も
安《なに》ゆえに四方《よも》に去《ゆ》くことを得《さだめ》とはする
戎《いくさ》の馬《うま》は鞍《くら》を解《と》かず
鎧《よろい》と甲《かぶと》とは傍《かたわ》らを離《はな》れず
再再《ぜんぜん》として老いは将《まさ》に至らんとし
何《いずれ》の時にか故郷に反《かえ》らん

曹操自身の詩「却《かえ》って東西門へ行く」の一節である。

魏関連人物

【家系】

曹操─┬─曹丕─曹叡
　　　└─曹植

武官

夏侯惇　張遼
夏侯淵　楽進
典韋　張郃
許褚　司馬懿

文官

荀彧
荀攸
郭嘉
程昱

【曹操の家系】

曹操《そうそう》 一五五～二二〇年 豫州沛国譙県《よしゅうはいこくしょうけん》出身。字《あざな》は孟徳《もうとく》、諡《おくりな》を武帝《ぶてい》。宦官《かんがん》の家系に生まれる。博学で『孫子《そんし》』の注釈本を著した。袁紹《えんしょう》ら群雄割拠した中原《ちゅうげん》を制し、魏《ぎ》を建てる。

曹丕《そうひ》 一八七～二二六年 魏の初代皇帝（文《ぶん》帝《てい》）。後継者争いに勝った後も弟を左遷するなど冷遇した。

曹植《そうしょく》 一九二～二三二年 曹操の末子。天才詩人。曹操に寵愛《ちょうあい》されたが、後継者争いに敗れる。

曹叡《そうえい》 二〇五～二三九年 曹丕の実子。二代目魏帝（明帝《めいてい》）。曹操譲りの戦《いくさ》の感性を発揮。政権安定後は逸楽《いつらく》にふけった。

【武官】

夏侯惇《かこうとん》 ?～二二〇年 曹操挙兵以来の臣下。曹操死後、後を追うように逝《い》った。

夏侯淵《かこうえん》 ?～二一九年 夏侯惇の従兄弟《いとこ》。涼州で暴れていた馬超《ばちょう》を破る。

典韋《てんい》 ?～一九七年 曹操の側近で警護した勇士。張繡《ちょうしゅう》らの叛乱《はんらん》で多数の矢を受け戦死。

許褚《きょちょ》 ?～?年 典韋に代わる曹操の護衛。愚直に仕える様《さま》から虎痴《こち》と呼ばれた。

張遼《ちょうりょう》 一六九～二二四年 元呂布《りょふ》の部将。曹操の下で呂布譲りの軽騎兵《けいきへい》を指揮した。

司馬懿《しばい》 一七九～二五一年 字は仲達《ちゅうたつ》。殷王司馬卬《いんおうしばぎょう》に連なる名門。諸葛亮《しょかつりょう》の好敵手として知略を尽くした。曹叡の死後、クーデターを起こして丞相《じょうしょう》となる。

【文官】

荀彧《じゅんいく》 一六三～二一二年 曹操の名参謀として覇業《はぎょう》に貢献した。誰よりも曹操を理解したが、魏公《ぎこう》につく曹操をいさめて恨みを買った。

荀攸《じゅんゆう》 一五七～二一四年 荀彧の甥《おい》。荀彧に次ぐ才を持ち、奇策を立案するなどした。

郭嘉《かくか》 一七〇～二〇七年 優れた軍略で、曹操から篤い信頼を受けた。

程昱《ていいく》 一四一～二二〇年 曹操が信頼した謀臣・文官。軍学のみならず、博識を誇った。

3章　呂布——時代を駆け抜けた戦人《いくさびと》

十二歳の時に、戦《いくさ》に出て人を殺した。殺さなければ、生きて帰れなかった。必ず生きて帰れ、と母に言われたのだ。戦で、死んではならぬ、とも母に言われた。母は、匈奴《きょうど》の人である。父は知らない。

十歳の時、母から一振りの剣を与えられた。父のものだろうと思ったが、それを佩《は》く喜びより、母からひとりの男だと認められたことの方が嬉《うれ》しかった。

（北方謙三『三国志』一の巻）

話は前後するが、漢王朝を乗っ取った董卓《とうたく》討滅のため兗《えん》州の酸棗《さんそう》から司《し》州の虎牢関《ころうかん》に軍を進めた曹操《そうそう》を始めとする群雄。その出鼻をくじいたのは、全身から血が噴き出たように赤い駿馬赤兎《しゅんめせきと》にまたがった呂布《りょふ》だった。この一戦で呂布は、曹操、劉備《りゅうび》、関《かん》羽《う》、張飛《ちょうひ》ら、三国志の中心的な人物の目に存在をしっかりと焼き付けた。

呂布の騎馬軍団の一糸乱れぬ苛烈な戦い振りを、ぼくはある武将の言葉で次のように表現した。

「一万が巨大な一頭の動物のように動いて、その先頭にいつも呂布がいる」

その後八年間にわたって、呂布と死闘を繰り返すことになる曹操は、このときは高みからその戦闘を眺め、次のように分析した。

「呂布という男の戦《いくさ》ぶりは、勇猛というだけではない。周到でもある。特に、あの騎馬隊の動きは、実に五万の兵力にも匹敵するように思える」

今回は歴史の流れからやや離れ、この呂布を中心に戦場を駆け抜けた戦人《いくさびと》たちについて語りたい。みな気のいい男たちである。

中途半端な敵役にはしたくなかった

呂布、字《あざな》は奉先《ほうせん》。出身地といわれる北方の五原《ごげん》郡は、いまのゴビ砂漠あたりになるだろうか。

さて、『三国志演義《えんぎ》』を読むかぎり、呂布には英傑のイメージが薄い。駿馬赤兎に乗り、武勇の人として誰からも恐れられる一方、「天下を」という野望もなく、知略にも計画性にも欠け、性格はあまりにも直情的である。最後の曹操との決戦の場、いま城を出て攻撃すれば勝機があるというときに、「あなたが城を捨て、妻子を置き去りにして、孤立無援の軍勢を率いて遠征なさっている間に、ふいに変事がおこったならば、どうして私は将軍の妻でいられましょうか」という妻厳氏《げんし》の言葉を聞き、出陣を躊躇《ちゅうちょ》するような精神的な弱さもある（妻のこの言葉は、『正史三国志』「魏書・呂布伝」の中の裴松之《はいしょうし》注にもある）。専制をほしいままにした董卓を殺害し、伸び盛りの曹操から兗《えん》州を奪い、ようやく一国を手に入れた劉備から徐《じょ》州を奪った剛の者が、なぜ中途半端な敵役《かたきやく》として描かれているのか。

呂布は、二人の養父を殺している。面倒を見てくれていた丁原《ていげん》、仮にも父子の契りを結んだ董卓の二人に、自分で手を下している。そういう男が『演義』世界で大手を振って活躍できるはずがない。

ところが、そんな呂布にぼくは心を惹かれてしまった。しばらく、ぼくの呂布擁護論に耳を傾けてほしい。

呂布は、極度のマザー・コンプレックスだったのだ。幼い頃に父を亡くし、馬だけが友達だった少年を、母親はとても愛した。十代で戦士になった呂布に、母は剣を与え「強くおなり、そして必ず生きて帰っておいで」と言葉をかけた。手柄を立てて大好きな母の笑顔を見たい、戦いで死んではならない――この二つの思いを抱きながら成長し、やがて並外れた運動能力と勝つための直観力をもつ優れた軍人となる。

母の死後、（注）よく似た年上の妻をもらうと、今度は妻が母の代わりになる。都に上った呂布に父親役の丁原は、妻を呼び寄せるのはまだ早い、もっと学ぶべきことがあると苦言をする。それが呂布には耐えがたい。丁原を亡き者にして妻を呼び寄せると、次の父董卓は、呂布の妻が年老いているのを哀れに思い、若い宮廷の女を与えようとする。それは妻を悲しませるだけのことだ。父親の愛をまったく知らない呂布は、二人の養父の気持や気遣いが理解できず、殺す。ただ残忍なのではなく、愛のためにそうせざるを得なかっただけなのだ。戦場にあっても妻の言葉を聞くようなところが、もともと呂布にはある。それは『正史』にも記録されていたではないか。呂布には家庭や家族を思う気持がある。それがときたま、人とは違う方向へ向いてしまうのだ。

昔、北アフリカ・モロッコの奥地を旅したことがある。一面の砂漠で、木や草もまばらな土地だ。そこにはトワレグ族という部族が住んでいた。サハラの戦士ともいわれる人々だ。厳しい環境の中で、遠目にも目立つ鮮やかな色合いの衣裳で身を包み、男や女たちが暮らしている。知り合ってみると、嫌いなものは嫌い、欲しいものは欲しいと感情がストレートに言葉や行動にあらわれ、それが新鮮に感じられて居心地がよかった。

必要なことは必要なときに言う、やるべきことはすぐに行動に移す、これは砂漠の民の特性なのかもしれない。ゴビ砂漠の近くで生まれた呂布は、そういう感情にストレートな人間として出発させよう。母（妻）を喜ばせるためにだけ戦い、必ず勝つ、これはある意味では男の本性ではないか。強いから、勝てるから、絶対に生きて帰れるからという理由で部下も集まってくる。こんな男に謀略も知略も必要ない。死ぬまで戦い続ければいい——これで、ぼくなりの呂布が書けると思った。

ついでに最愛の妻の名も変えた。史実にある厳氏ではなく、瑶《よう》という名前にした。

美女貂蟬が登場しない理由

都で暴虐を尽くした董卓はある日、不意打ちのような呂布の一撃であっけなく絶命する。その屍《しかばね》は市場にさらされた。『正史』（「魏書・董卓伝・裴松之注」）には、「董卓は肥満体であったため、そのあぶらが流れ出て地面に染み、草が赤く変色した。董卓の屍を見張っている役人は、日が暮れると大きな灯心をつくり、董卓のへその中においてともしびとした。灯りは朝まで消えず、このようにして何日も経過した」とある。

董卓の死によって都は再び混迷。主導権をめぐって争いが激化し、謀略の恐《こわ》さを知らない呂布は(注)奸計《かんけい》によって都を追われ、そのまま逃亡する。漢朝の権威が消滅し群雄割拠の時代が始まる中で、呂布は手勢を率いて居場所を求め、各地を巡ることになる。

三国志にはいくつもの「もしも」という瞬間があるが、董卓支配下の都に呂布が残っていなければ歴史はどう展開していたのか、そして呂布が董卓を殺さなければどのように時代は流れていったのか、これは想像してみるとおもしろい。

さて董卓に呂布となれば、絶世の美女貂蟬《ちょうせん》が付きものだ。『演義』には、董卓の専制を憂いていた後漢の司徒《しと》（最高職、三公のひとつ）王允《おういん》が、呂布に董卓を殺させるために、年若い芸妓《げいぎ》貂蟬を用いたということになっている。王允は董卓と呂布の弱みが好色さであると見て、呂布と貂蟬を婚約させた上で、貂蟬を董卓に献上した。貂蟬はこれも国のためと覚悟し、董卓に尽くすとともに、目を盗んでは呂布に秋波《しゅうは》を送る。義理の父子は貂蟬の虜《とりこ》となり、王允のあらすじ書き通り呂布が董卓を殺すという流れだ。このエピソードの原型は、「董卓はいつも呂布に奥御殿の守備をさせていたが、呂布は董卓の侍女と密通し、そのことが露見するのを恐れて、内心おちつかなかった」という『正史』(「魏書・呂布伝」)の一文だろう。これを見た『演義』の作者が、貂蟬という美女を作り出し、歴史の隙間《すきま》にはめこんだのだ。

もちろん、ぼくの〈呂布伝〉には貂蟬は出てこない。いかに衰退したとはいえ漢王朝の最高職者であるはずの王允が、年若い芸妓を計略の柱に据えるはずがないではないか。現実味に欠ける。まして、妻以外の女性が呂布には目障りなだけ。そこで、王允は心ならずも呂布に取り入るために、まず呂布の妻に貢物を贈る。呂布の弱みはそこにしかないことを王允は見抜いている。呂布は喜び、王允と話をするようになる。ある日、王允から「自分は謀反の罪で董卓に殺されることになった」と打ち明けられる。妻の心を慰めてくれた弱々しい男を助けるために、呂布は董卓暗殺を引き受けるという流れを考えた。二心《ふたごころ》ある王允の打ち明け話と、それに真摯《しんし》に聞き入る呂布、ここに二つのタイプの人間の心のありよう、その根本的な違いを表わせたのではないかと思っている。

呂布に惚れた男

呂布の行動様式をゼロから組み立てているうちに、実はぼく自身が呂布の俠気《きょうき》にますます惚《ほ》れていったらしい。戦陣に向かう呂布に、黒ずくめの甲冑《かっちゅう》をつけさせ、首に赤い布を巻かせたのも、ぼくだ。呂布の騎馬隊も精悍な黒ずくめにした。長安を離れるときも、人に追われるのではなく、自分から出て行くように仕向けたかった。そのために、彼にとって無上のものだった妻を死なせた。館の庭に自分で穴を掘り、妻の遺体を葬った呂布は、長安に残る理由を失い、旅立ったのだ。

呂布、数百騎を率いて長安を出奔。武漢《ぶかん》を経て袁術《えんじゅつ》のもとへ向かう。

再び『正史』『演義』の世界に戻ろう。自分を受け入れてくれると期待した袁術に面会を拒絶された呂布は、次に冀《き》州の袁紹を頼り、請われて出陣した戦《いくさ》で手柄を立てる。しかし袁紹も本気で呂布を受け入れるつもりはない。次に頼ったのが張邈《ちょうばく》という武将。ここで、生涯の道連れとなる人物に呂布は巡り会う。陳宮《ちんきゅう》だ。

陳宮はもともと曹操の幕僚として仕え、その才能を買われていた男だった。しかし、何らかの理由があって曹操を裏切る。そして張邈のもとに身を寄せた呂布に、世に打って出る気はありませんか、ともちかけたのだ。呂布もなぜかこの意を受け入れ、張邈の目下の敵であった曹操と戦う。この戦いの後、曹操に訣別した陳宮は呂布に従うことになる。『正史』に陳宮の身の上を記録したものがなく、曹操との間に何があったのか実はわからない。『演義』には、董卓討滅の戦いで敗れた逃亡中の曹操を、県令だった陳宮が助け、話を聞き感銘して部下になるが、その逃亡の旅の途中に泊まった家で、ブタを殺して客人をもてなそうとしていた一家を、物音だけを聞いて命を狙われていると誤解し、曹操は皆殺しにする。それを見て気持が離れた（『演義』第四回）というエピソードにまとめられている。

陳宮はなぜ曹操を見限り、呂布についたのか。陳宮を書こうとしたときに、自分の才能を活かしたい、人生を全うしたいという意識の一方で、上に立つ人間を信じきることができない体質の人物という人格を、ぼくは考えた。たとえば曹操や劉備のようなタイプは、目的のために部下を裏切ったり捨てたりすることも厭《いと》わないところがある。陳宮は、それがどうしても許せない。ところが呂布は、稀有《けう》な武人でありながら、戦略もなければ何もない。ただの武人が、表裏のない人間が、軽々しく人を捨てることはない。呂布に欠けた部分を補完していくことで、自分自身の人生も全うできる。そんなふうに感じたのではないかと考えた。

「殿は、政治をなしたいという思いを抱かれたことはありますか?」

「いや、ない。ごめんだな」

「そういう英雄豪傑を、私は捜していました」

二人の会話に、互いの気持を載せた部分だ。陳宮は呂布をサポートすることが楽しい。そして呂布は、戦《いくさ》ができればそれで幸せなのだ。

しばらく付き合ううちに、陳宮は呂布が好きになってくる。呂布も、これまでの母や妻への思いとは違う、心を割って話せる対等な信頼関係を結んでもいいと考える。陳宮が天下を取りたいならば手伝ってもいい。それまで赤兎という馬だけが話し相手だった呂布が、友情という言葉を理解する大人へと成長する。

劉備を呂布に会わせて、二人だけで天下を語らせてもみた。戦《いくさ》には志《こころざし》が必要だと説く劉備に、呂布はこう答える。

「馬がいて、戟《げき》がある。鎧《よろい》を着て、敵と打ち合う。それが戦《いくさ》のすべてだ、と俺は思っている。そこで、俺は生きている。だから、戦をするのだ、劉備殿。それではいかんと言うのだろうが、俺には陳宮がいる。戦《いくさ》の意味は、陳宮が考えてくれる」

生涯でたった一人の親友を得た呂布は、とうとう生きる意味と自分の役割まで見出したのだ。

呂布の魂よ、永遠に

ここまでくると、作家というものは登場人物を妙なかたちで亡き者にすることができない。

呂布の最期《さいご》は、愛馬赤兎との別れから始まった。

西暦一九八年、それまで幾度も黒ずくめの騎馬軍団に苦汁《くじゅう》をなめさせられてきた曹操が、大軍を率いて呂布の居城、徐州の下邳《かひ》城を囲んだ。この頃、呂布に徐州を追われた劉備が、客将として曹操の麾下《きか》に加わっていた。

数日間の激しい野戦で、(注)呂布の騎馬隊は傷ついていた。その戦いで赤兎も脚を槍《やり》で突かれ、瀕死《ひんし》の重傷を負った。呂布は強弓を持って城塔に登り、そこから四百歩離れた曹操の本陣を向き、弓を引き絞った。

「曹操、貴様の後ろに置いてある鎧《よろい》を、俺がいまから矢で射抜いてやる」

放たれた矢は、曹操の横に置かれた鎧の胸に突き刺さった。

呂布が敵陣に向けて矢を射るエピソードは『正史』にもある。ただし、この場面ではない。袁術麾下の紀霊《きれい》将軍に攻められ頼ってきた劉備を助けるため、呂布は両者の仲裁をする。紀霊と劉備を同席させた宴会の場で、はるか向こうの門に一本の戟《ほこ》を立てさせ、矢を一発で命中させたら、両軍は戦いを止《や》めて引き上げてくれと申し出て、皆の目の前で命中させる（『正史』「魏書・呂布伝」）。呂布はこの頃、劉備をわが弟と呼びかわいがっている。

さて、呂布は曹操に陣を退《ひ》くことを頼んだのか？　そうではない。呂布は、傷ついた赤兎を治療することのできる人間として、劉備の輜重《しちょう》隊（輸送部隊）を率いる武将の名を挙げ、その派遣を要請した。この飼馬術に長けた成玄固《せいげんこ》という青年もぼくの創作だ。呂布と同じように、この青年も馬の意思がわかる。城で治療が不可能なことを告げると、呂布は成玄固のその言葉を信じ、赤兎の命を青年に託す。曹操と劉備もその申し入れを認める。戦場にあって愛馬の命を救いたいと願う呂布の純真さに心を打たれた関羽と張飛は、去り行く赤兎と青年を見送りながら、ひたすら涙を流す。

「頼む、呂布殿。私に降伏してくれ」

曹操は、周囲の制止を振り切り呂布に呼びかける。これもまた、曹操の本心だった。

しかし、呂布は答える。

「やめろ、曹操。男には、守らなければならないものがあるのだ」

「なんなのだ、それは？」

「誇り」

「おぬしの、誇りとは？」

「敗れざること」

しかし、赤兎のいない呂布の命運は、すでに尽きていた。

成玄固とともに戦場を離れ、海辺の地で療養していた赤兎は、ある日突然棹立ちになって海に向かい、沖に向かって押し出そうとする。成玄固はその赤兎の激情した姿を見て、呂布が遠い世界へ旅立ったことを知るのだった。「三国志」の物語で最初に散る大輪の花。こうして、ぼくの呂布はようやく心を休めることができた。

ちなみに、この赤兎は北の牧と呼ばれる牧場へ連れられ、そこで成玄固とともに余生を過ごす。やがて、いわば種馬となり一子をなす。赤兎の子は関羽のもとへ届けられることになり、関羽はその馬をやはり「赤兎」と呼ぶ。『演義』では、（注）呂布の赤兎に関羽も乗ることになっているが、いくら駿馬とはいえ、それではあまりにも元気すぎる。

誰がいちばん強いのか

まだ『三国志』を書く前に、中国文学者の井波律子さんとお会いし、三国志について語ったことがある。井波さんはそのとき「誰がいちばん強いって、呂布がいちばんじゃないかしら」とおっしゃった。井波さんは『正史三国志』の全訳に携わり、後に一人で『三国志演義』を全訳するほどの三国志ファンである。ふつうの女性ならば趙《ちょう》雲《うん》と答えそうなところを、呂布がいちばんとは……。どこか女心をくすぐるようなところが、呂布にはもともとあったのかもしれない。

誰がいちばん強いのか、ぼくも呂布ではなかったかと思う。なにしろあの関羽と張飛の二人を相手にして、それでも負けなかったのだから。

では、その関羽はどうか。

呂布と同じく一人で一万の兵に匹敵するといわれる関羽は、またそれ以上に理の人、義の人だった。

曹操の急襲により劉備が徐州から潰走した際、下邳《かひ》にいた関羽は、劉備の正室、側室を守るために曹操に降伏する。曹操は関羽の武を惜しみ、配下に加えようと盛んに口説くが、関羽はその恩義には感じ入るものの、劉備を裏切るような勧めには決して従おうとしない。「官渡《かんと》の戦い」に従軍した関羽は、緒戦で袁紹軍の猛将顔良《がんりょう》の首級をあっさりと奪うと、それで曹操への恩義は果たしたと、ただちに二夫人を連れ立って劉備のもとへ帰還する。この鮮やかさ、誇り高さこそが、関羽の関羽らしいところだ。

肘《ひじ》に刺さった毒矢の毒を取り除くため、宴席で医者に肘を切り開かせ、骨の中の毒をガリガリと削り取らせて縫合した後、カラカラと笑ったという豪快なエピソードも『演義』(第七十五回)にはある。

ただ晩年、劉備が蜀入《しょくい》りを果たした後、一人で荊《けい》州の留守居役を任された関羽は、戦人《いくさびと》としては寂しいときを過ごしている。義兄弟の契りを交わした劉備に報いるために、劉備と離れた土地を守らなければならない。占領統治が仕事のため、むやみに戦うこともできない。理にこだわり、義に厚く、民に尽くそうとする関羽には、人の心の弱さや狡《ずる》さまではわからない。その結果、最も嫌っていた謀略によって味方に裏切られてしまう。

敗色明らかな戦場に、ごくわずかな側近だけを従えて出陣する関羽。

「旗をあげよ。関羽雲長《うんちょう》の旗を」

「はい」

「城を出る。私は、最後まで諦めぬ。男は、最後の最後まで戦うものぞ。これより全軍で、益州《えき》の殿のもとへ帰還する」

たった十名でのこの戦いは、ぼくにしてみれば戦人《いくさびと》としては薄幸だった男への、せめてもの花道だった。

男たちの苛烈な生き様こそ醍醐味

強さという意味では、義兄弟のもう一人、張飛も強い。

張飛の強さを見せつけた事件といえば、「長坂《ちょうはん》の戦い」につきる。「赤壁《せきへき》の戦い」の直前、劉備が荆州を追われて呉《ご》に逃げる途中、曹操の騎馬軍団による猛追を受けた。長坂で追いつかれたと知るや、張飛はわずかな手勢だけで防戦し、劉備一行が長坂橋を渡るのを見届けるや、最後は曹操軍の前にたった一人で立ちはだかる。

「俺を打ち倒さない限り、この長坂橋は渡れんぞ。誰か、気骨のあるところを見せてみろ。いま、橋の上はこの張飛翼徳《よくとく》ただひとりだ」

この一件は、いかにも『演義』世界のエピソードのようだが、じつは『正史』(「蜀書・張飛伝」)にもちゃんと記録されている。

さて、1章でも少し述べたが、ぼくはこの張飛という人物にも呂布に近い思い入れをして小説に書き込んでいる。ぼくが張飛に足したもの、それは知性と優しさ、それも外面には決して出てこない、内に湧き出でるような知性と優しさだ。義兄劉備に対するもの以外で言えば、戦人《いくさびと》になりたいと志願してきた若者を徹底的に鍛えてやったり、その若者が戦死すれば墓を掘りみずからの手で埋葬しようとする優しさだ。また、妻や部下に手作りのブタ料理を馳走《ちそう》するという、張飛のイメージにはないような場面も加えている。張飛の妻とは？　そう、こういう男にふさわしい妻を持たせたいと思い、ぼくが勝手に結婚させてしまった。名を董香《とうこう》という、やはり武芸の才のある女性だ。二人は似合いの夫婦だ。

長坂橋の一戦で、劉備が捨てて逃げた嫡男阿斗《ちゃくなんあと》（のちの劉禅《りゅうぜん》）を奮戦の末に救い出した趙雲も、また最高の戦人《いくさびと》だ。『演義』にも書かれているこの一件により、おそらく世の女性たちの人気をもっとも集める武将であろう。

若くして劉備を慕ってきた趙雲は、一年の修行を命じられ、各国の武将のもとにつき戦《いくさ》の本質を学ぶ。三年目に旅から戻った男は、苛烈さと素早さを劉備軍に持ち帰り、義兄弟の弟分としての地位を固める。やがて蜀の長老たちが次々とこの世を去ると、関羽・張飛の戦い方を若者たちに徹底して教え込み、老境に至るまで自ら戦場を駆け回った。

蜀《しょく》の戦人にはもう一人、馬超《ばちょう》がいる。父馬騰《ばとう》および一族を曹操に虐殺されたことから、西域で軍を率いて曹操に造反。その首級をあげる寸前まで攻め込むこともあった。やがて蜀の劉備を頼ってくるのだが、この男のことは後の章でまた、あらためて語りたい。

西域で馬超の猛攻を防ぎ、曹操を守りきった魏の人、許褚《きょちょ》も忘れてはならない戦人《いくさびと》だ。『正史』にも、「容貌はおおしく毅然とし、武勇・力量は人なみはずれていた」（魏書・許褚伝」）とある。牛の尾を片手で引き百歩歩いたこともあるらしい。一方で、「許褚は人がらが慎み深く、法律を遵守し、質朴で重々しく言葉少なであった」（同）とも記録されている。曹操は許褚の勇壮さを一目で気に入り、宿直警護の役に就けて、つねに身辺を護らせた。曹操暗殺を企てた者たちは許褚の姿を見て躊躇し、許褚の休みの日を狙うと、なぜか胸騒ぎのした許褚が引き返してきてたちまちのうちに賊を斬り伏せたという逸話も残っている。

ぼくはこの許褚が好きで、強さを際立たせるために、一切無駄口をきかない男に仕立て上げた。何も言われなくても曹操を影のようにして警護し、曹操は許褚にすべてを投げ出して身を任せる。「赤壁の戦い」の後、戦場を離脱した曹操を全身全霊で守り抜き、追撃してきた張飛の騎馬隊をも封じ込める場面が、ぼくの許褚の最高の場面かもしれない。許褚は曹操を「殿」と呼び、曹操は許褚のあだ名の「虎痴《こち》」と呼ぶ。力は虎のようだがぼうっとしていることからついたあだ名で、曹操以外の者がこう呼ぶのを耳にすると、許褚は無言のままその相手を斬る。強い許褚を描くために、許褚の表面から感情というものを極力削っていったら、このような人物像ができてしまったのである。

戦こそがすべてという呂布、兄を天下人にするために戦を厭わなかった関羽と張飛と趙雲、殿（曹操）が生き長らえることを何よりも大切に思った許褚。ひとことで戦《いくさ》人《びと》といっても、さまざまなタイプがいる。ほかにも魏の夏侯淵《かこうえん》、夏侯惇《かこうとん》、張遼《ちょうりょう》、典韋《てんい》、蜀の王平《おうへい》、魏延《ぎえん》、呉の太史慈《たいしじ》、周瑜《しゅうゆ》、韓当《かんとう》、黄蓋《こうがい》、程普《ていふ》、陸遜《りくそん》……。最後はどこかで果ててゆくこの男たちが何を成し遂げたのかということは、ぼくにとってはどうでもいい。こうした男たちが全うした人生、もがきあがいた人生から何を読み取るかというのが、三国志を読み解く醍醐味なのだとぼくは勝手に考えている。

4章　孫堅・孫策——志と非業の死

「男として、あの姉妹の心を摑《つか》みたいものだ、周瑜《しゅうゆ》」

「恋だの愛だのと、難しいことは言ってはおれぬ。中原《ちゅうげん》では、曹操《そうそう》が呂布《りょふ》を殺して徐《じょ》州を奪《うば》った。河北《かほく》では、いよいよ袁紹《えんしょう》が公孫瓚《こうそんさん》を追いつめたらしい。遊んでいたら、ああいう狸《たぬき》どもに足もとを掬《すく》われる」

「わかっているが、しかしどうすればいい？」

「攫《さら》おう」

「なんだと？」

「気持は、あとでわかって貰《もら》えばいい。とにかく、青と黄色を攫ってしまうのだ」

（北方謙三『三国志』三の巻）


英雄相争う「三国志」の物語は、その英雄たちが生まれ育ち、戦い、死んでいった中国各地の栄枯盛衰の物語でもあると、ぼくは思う。

古代から中国文明の中心地でいくつもの王朝が栄えてきた、帝都洛陽《らくよう》を中心とする黄河《こうが》中流域の「中原《ちゅうげん》」。その中原からすると辺境だが、黄巾《こうきん》の乱を機に劉備《りゅうび》や曹操たちの主要な戦場になる、中原東部を含めた黄河下流域の「河東《かとう》」。さらに匈奴《きょうど》や烏丸《うがん》といった異民族が跋扈《ばっこ》し、広大だが荒涼とした平原や砂漠が広がるだけの北部や西部の「辺境」。三国志の物語が豊かなのは、その舞台が、登場人物とともにスケールを広げていくからでもあった。

今回は劉備、曹操に並ぶ三国志の大主人公、孫堅《そんけん》、孫策《そんさく》の父子について語ろう。孫堅、孫策の登場で、物語の舞台は現在の中国の版図のちょうど中央、長江《ちょうこう》の中・下流域「江南《こうなん》」にまで広がる。そこは劉備や曹操が生まれ育った中原とはまた別の、もうひとつの中国だった。

順風満帆だった孫堅の前半生

呉《ご》という国は、まず父親の孫堅がその基礎を築いた。元々は長江の河口に近い揚《よう》州呉郡で生まれ、県の役人をしていた孫堅が、黄巾の乱や涼《りょう》州の反乱討伐で功績を挙げて勢力を増し、荊《けい》州長沙《ちょうさ》郡の太守、烏程《うてい》侯にまで成り上がったときから、反董卓連合軍に加わって戦ったあたりまでの頃のことだ。長沙太守に任じられたのは黄巾の乱からわずか二年後、孫堅三十一歳、反董卓連合軍でさらに名を挙げたのは三十五歳のときだ。

その頃、五つ年下の劉備はまだ流浪の旅のし始めで、一つ年下の曹操はといえば、世をすねて故郷に引きこもったりしたあげくにようやく行動を起こしたばかり。大勢力を築くまで劉備や曹操がその後も長く苦労したことを思うと、異例に順調な人生である。なぜ孫堅だけ、若くして素早く大勢力を築くことができたのだろう。

根拠地の違いが大きかった、というのがぼくの考えだ。

孫堅の戦場は大半が中原から北辺《ほくへん》にあったが、兵を集めたり軍資金を調達するその根拠地は、生まれた長江下流域を中心とする江南の地、つまり現在の華北《かほく》地方と華中《かちゅう》とを分ける淮河《わいが》（淮水《わいすい》）から南の地域だった。すると、孫堅の戦い方とか人とのつきあい方、もっといえば孫堅という人のありようとか背景にある文化というものが、北の中原生まれで長く中原で戦った劉備や曹操のそれとかなり違っていたはずだと、ぼくは思うのだ。

中国はおもしろい国で、文化の共通性ということで見ると、東と西では比較的よく似ているのに、北と南とではまるで違っている。中国の文化が黄河と長江という二つの大河の流域文化として成立してきたためだ。ぼくは「黄河系文化」と「長江系文化」と呼び分けているが、北と南の違いは、その二つの流域文化の違いに由来する。たとえば、長江系の文化では昔から米を主食にしていた。これは温暖で湿地が多い長江の流域では早くから水稲栽培《すいとう》が盛んになり、収穫も比較的安定していたからだ。しかし長江よりはるかに北で降雨量も少ない黄河系文化では、麦が主食になった。『三国志演義』には、「自ら定めた軍律に反して実りの時期にあった麦畑を踏んでしまった曹操が、自分への罰として髪を切る」（第十七回）というエピソードがある。『正史三国志』にはない話だが、中原では昔から麦が重要な穀物の一つだったから描かれたものだと思う。

中国の北と南、黄河系文化と長江系文化では、主食からしてすでに違っていた。孫堅は米を、劉備や曹操たちは麦を食べていたのである。食文化に始まる文化的な違いは、政治的経済的に力の弱いほうの文化に属す人々に劣等感も優越感もないまぜになった意識をもたらすものだ。そういう意識がおそらく、劉備の尊皇はもちろん曹操の覇道とも異なる、孫堅の野心の背景にあったとぼくは思っている。

また、「南船北馬《なんせんほくば》」という言葉がある。「東奔西走《とうほんせいそう》」と対《つい》で忙しく各地を旅するという意味になるが、元々は、中国では旅をするとき南は河が多いので船を、北は陸地が長く続くので馬を使うという意味だ。北では馬の育て方や使い方が、南では船の建造法や河での航海術が発展したのである。戦争でも、北では輜重車《しちょう》(注)というのを使って物資を移動したが、湿地が多くて地形的に輜重が使いにくい南では主に船を使った。兵站《へいたん》でもそれだけ違うのだから、孫堅は戦い方でも中原の人々とはかなり違っていたのではないか。ぼくは孫堅が「騎馬隊で揉《も》みに揉む」という波状攻撃を得意にしたと描いたが、孫堅が中原を転戦したとき、孫堅を勝たせた江南文化由来のものが何かあったはずだと思っている。

しかし、南と北の違いの中で孫堅を大勢力にした決定的な要因は、江南が、劉備や曹操の他にも星の数ほど野心的な武将がひしめいていた中原に比べると、軍事的な空白地帯に等しかったということだ。当時江南の人口は、古くから交通の要地で長く統一王朝の都が置かれた華北（黄河中・下流域）より圧倒的に少なかった。揚州南部などの一部を除いて、都市の規模も小さく、広い地域に人が散在しているという状態だった。武将の勢力が集められる兵隊の数で決定する時代である。孫堅には同郷のライバルも、江南を狙って進出してくる異郷の侵略者も、劉備や曹操ほどにはいなかったのである。

孫堅に伝国の璽は似合わない!?

中原に打って出てみたら、それなりに通用して江南の最有力な武将として認められた。見渡せば、諸将が争っていたのは中原かせいぜい華北一帯の覇権まで。江南は、ほとんど諸将の頭の中にはない。そう中原の情勢に見極めをつけたとき、孫堅は烈々たる野心を自覚したに違いない。江南を基本にして考えれば、俺にも天下が取れるかもしれない。悪くても、かつて春秋時代に江南全域を支配した楚《そ》(?—紀元前二二三年、秦《しん》に滅ぼされるまで五百年以上栄えた)ぐらいの国は建てられる。

『正史』(「呉書・孫堅伝」)の裴松之《はいしょうし》注にある「伝国の璽《でんこくのじ》」のエピソードに、その孫堅の野心があからさまに示されているとぼくは思った。

西暦一九〇年頃、董卓《とうたく》に焼き払われた司《し》州の洛陽に入城した孫堅の部隊が、暴かれ略奪された皇帝たちの陵墓の修復や焼け跡の片付けをしていると、宮廷の井戸から五色の瑞兆《ずいちょう》が立ち昇る。兵に調べさせると、天命を受けた皇帝が持つ印璽《いんじ》で、秦の時代から漢の皇帝に代々伝えられてきた玉璽《ぎょくじ》（伝国の璽）が出てきた。孫堅は発見を隠して郷里に持ち帰った。

ただし裴松之は、エピソードを否定するコメントも付けている。孫堅は反董卓に立ち上がった諸将の中で最も忠烈の士だから、発見したのに隠して我がものにするはずがない、後年、呉国の史官が自国の正統性を言うために書き加えたものだ、というのである。

ぼくはしかしこのエピソードについてばかりは、裴松之注を膨らませて書いた『演義』のほうに肩入れして、自分の『三国志』でも孫堅が玉璽を持ち帰ったことにした。その後のストーリーにつなげられるという都合もあったが、孫堅は江南から出てきた烈々たる野心の人、ぼくの孫堅理解にぴったりのエピソードだったためである。

ただ、ぼくは孫堅が陰性の野心家だったとは思っていない。十代で海賊（湖賊）退治をしたという『正史』のエピソードからも、戦うことが単純に好きだったという姿が垣間見《かいまみ》える。おそらく、夢中で戦っていたら野心というものにめぐりあい、戦いの中で徐々に膨らんでいったというのが実際なのではないだろうか。戦い好きの陽性な野心家でなければ、故郷を離れて転戦して歩き、果ては反乱の討伐のために涼州《りょう》の都城・武威《ぶい》近くまで足をのばすなどということはできないとぼくは思う。武威は黄河の最上流のさらに西、シルクロードで有名な敦煌《とんこう》までもう少しというところで、今の江蘇省の上海とか蘇州の近くと思われる孫堅の根拠地から、直線でざっと一七〇〇キロはあった。これは九州南端から北海道北端までとほぼ同じ距離である。

野心の人・孫堅は、しかし洛陽の反董卓連合軍から去った翌年、荊州《けい》の実力者劉表《りゅうひょう》との戦いで戦死する。三十六歳。『正史』には、緒戦の勝ち戦《いくさ》後の矢による狙撃死とある。荊州南部はまさに江南の領域。勝って、まず江南の国を建てるという野心が実現する直前の横死だった。

孫策と周瑜が見た夢

孫堅の死で、その勢力は袁術《えんじゅつ》に吸収された。袁術は名門貴族で反董卓連合の盟主だった袁紹《えんしょう》の弟だが、兄と仲たがいし、孫堅が死んだ当時は揚《よう》州に拠《よ》っていた。孫の一族は以後、袁術の庇護の下に入る。孫堅の子で十七歳の孫策《そんさく》、十歳の孫権《そんけん》もその中にいた。

孫策には父親譲りの軍事的な才能があった。十九歳で袁術の部将になると、機会をうかがって父の配下だった将兵を預かり、北の中原に目がいっていた袁術に代わり揚州南部、長江南側の諸都市の攻略を開始する。袁術の元から進軍を開始した直後、同年の幼なじみだった周瑜《しゅうゆ》の軍勢と合流。連戦して二年後には、長江南側の沿岸部を支配するだけの経済的、人口的規模を持つ最南端の地域、会稽《かいけい》郡まで攻略してしまう。

孫策は、袁術の元から進発する口実にした叔父の救援が終わっても、いくつ都城を落としても、袁術の元には帰らなかった。

孫策と袁術の関係は、松平信康《のぶやす》（後の徳川家康）と今川義元《よしもと》との関係に似ている。義元は幼い信康を人質としてとり、長じると客将としていいように使った。ただ、あるときぱっと独立した信康と違い、孫策には長江南側で連戦し、勝って少しずつその領土を拡大して、会稽郡まで攻略するという、もう袁術が攻めようにも攻めきれないほどの力を蓄えることで事実として独立を認めさせたというところがある。父親の孫堅かそれ以上の器量があったということで、「三国志」の中でも有数の戦人《いくさびと》だったと言えるだろう。(注)

独立した孫策は、獲得済みの領土の守備は周瑜にまかせ、自分は江南一帯の掃討作戦に赴く。勢いに乗って江南に覇権を打ち立てようという目論見である。このとき孫策の頭には、天下を取るという父孫堅の野心がおおよそ見えていて、さらに具体的な戦略まで考えていたというのが、ぼくの見方だ。長江を遡っていけばやがて益《えき》州、後に劉備が蜀《しょく》を建てた地域に達する。南を制圧し、益州まで支配したら、孫策の時代に人口の多い中原や華北を押さえていた曹操や袁紹とも互角に戦えるという、非常

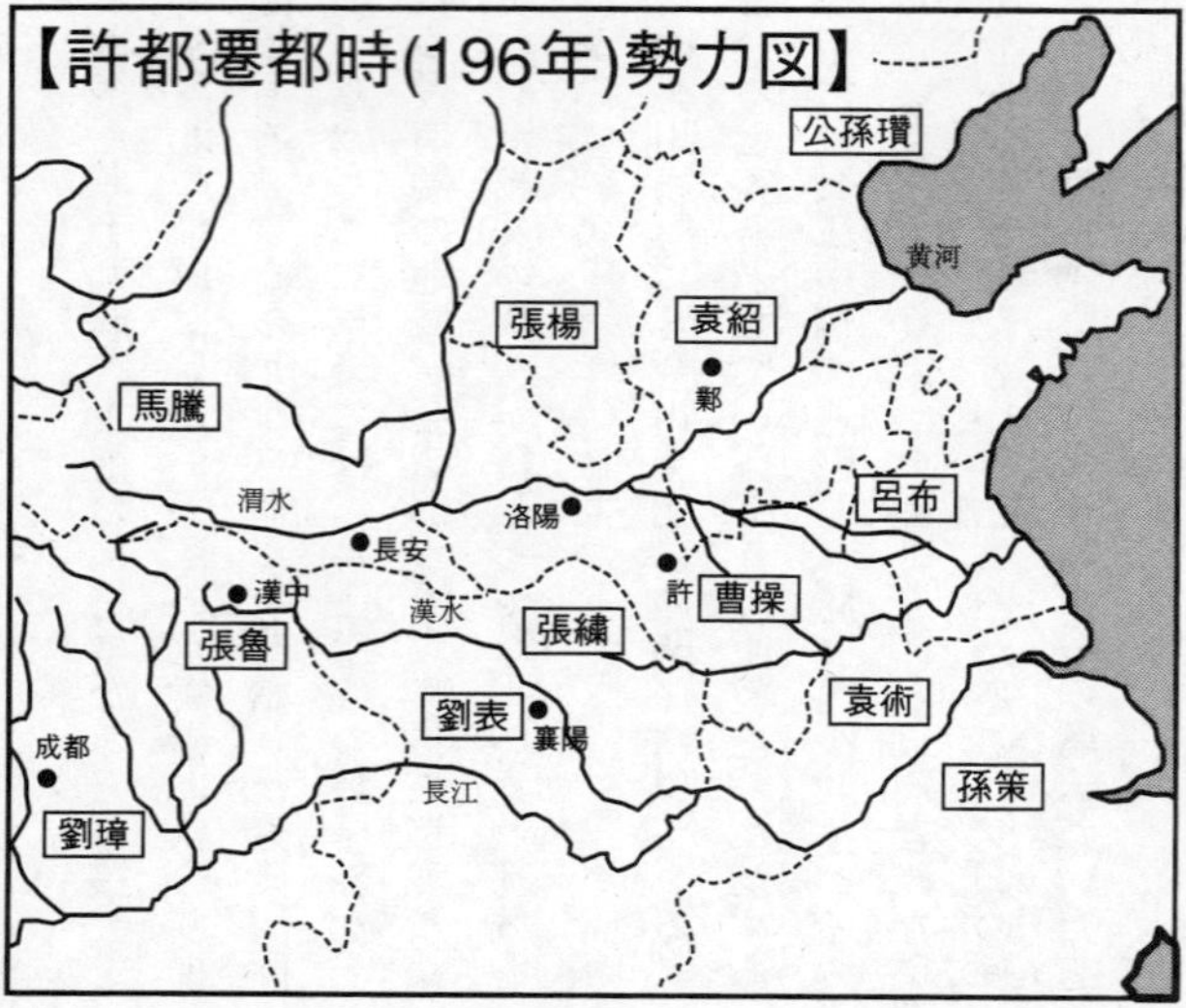

に長期的な戦略を孫策は持っていたのではないだろうか。

会稽郡まで落としたとき、孫策わずか二十一歳。傍らには同年の周瑜がいた。袁術から事実上の独立を果したら、次に見た夢は天下。孫策は、戦いの中で鍛えられた曹操や袁紹らの実力を知らず、その二人がまだ雌雄を決せられないでいる覇業の困難さというものをまだ知らない。しかし劉備でも曹操でも、初めて天下を考えたときは若かったのだ。夢は若いが故の特権なのである。

孫策が見、周瑜が心底から同意したに違いない、江南から天下を獲るという夢。二人の結びつきとその夢の若さ、純粋さを象徴するエピソードとして、『正史』の「呉書・周瑜伝」に少しだけある、二人が大喬《だいきょう》と小喬《しょうきょう》という娘を奪って妻にする話を描いた。二人だけで名乗りも挙げず娘たちの家に押し入り、無理矢理連れ出すと小舟で逃げる。するとそこは、二人の夢の舞台でもある長江だった。

しかし孫策もまた、曹操の庇護下に入った豫《よ》州・許都《きよと》の朝廷から正式に会稽太守に任命され、父が持っていた烏程侯の称号を取り戻してからわずか三年、江南一帯の支配権をほぼ確立したところで、謎の死を遂げる。おそらく暗殺。わずか二十五年の生涯だった。

後には、孫策の夢を背負った周瑜だけが残された。

中原の覇者を決する戦い

では、孫策は誰によって、なぜ暗殺されたのか。それを語る前に当時の中原の状況を振り返ってみよう。孫堅、孫策が登場し、物語の舞台が江南まで大きく広がった頃、中原では雌雄を決する戦いが始まろうとしていた。

一方の将は、かつての反董卓連合軍の盟主、袁紹。この経済力にも武力にも不自由しなかった名門貴族は、連合軍の自然消滅後は河北（黄河以北の地）の中心・冀《き》州を我がものにし、まだ戦乱で荒らされておらず人口も多かったその地を根拠地にして、勢力をますます拡大していた。孫策が死ぬ前年の一九九年、青《せい》州から北辺に勢力を張っていた公孫瓚《こうそんさん》を殺して八年もの争いに決着を付けると、いよいよ中原に目を向けたのである。

もう一方の将は、曹操だ。一九六年、長安を逃れた後漢の献帝《けんてい》を豫《よ》州の許《きょ》（許昌）に迎え入れることに成功。屯田《とんでん》制を敷いて経済力を高める一方、天子を擁して大義の御旗を掲げて東へ西へと進軍し、呂布《りょふ》、張繡《ちょうしゅう》を討伐。一九九年、(注)にわかに皇帝を自称した袁術が病没し、その死を機に曹操に反旗を翻した劉備を圧倒的な兵力をもって徐州から追い落とすと、身辺の敵はすでに一掃されていた。残るは北側から圧力をかけてくる袁紹だけ。

そして、曹操が官渡で袁紹と対峙していた頃、呉では孫策らが中心となり、曹操の背後から許を攻める計画が進行していた。実行すればほぼ成功しそうなこの計画が無に帰したのは、二〇〇年、孫策

が突然この世を去ったためである。孫策から背後を突かれることをおそれた曹操が、毒を盛って暗殺したんだろうと、ぼくは思う。

二〇〇年二月。ここに、黄河をはさんで北側に領土を広げる袁紹、南側に領土を広げる曹操との中原の覇者を賭けた一戦、すなわち「官渡《かんと》の戦い」の火蓋《ひぶた》が切られたのだ。

だが、この戦いは決戦と呼ぶにはあまりにも力の差が大きすぎた。いくら荀彧《じゅんいく》のような能吏が裏で兵站《へいたん》を支えていたとはいえ、曹操が決戦に動員させることができた兵力はせいぜい十万余。一方の袁紹は、三十万の兵を動かしている。まともに戦えば勝負になるはずがない。実際、袁紹はこの決戦をどの程度に考えていたのだろうか。宦《かん》官《がん》の孫のくせに少々小うるさい存在を、この機会にひねり潰《つぶ》す。「負ける」などとは露の先ほどにも考えていなかっただろうと、ぼくは思う。

後漢王朝の壊滅を機に乱世の中で覇権を拡大し、中国北部に大きな勢力を築き上げることに成功した袁紹。しかし、その覇権は実力で勝ち取ったものではなく、漢王朝の名門であり反董卓軍のリーダーでもあったという、いわばブランド意識に支えられたものだと言ってもいい。黙って力で押せば、敵は降伏する。曹操との一戦に備え、

「(曹操は)漢の王室を孤立させ、弱体化し、中正の士をことごとく除き去り、もっぱら力にまかせた凶悪な行為をしていた。(……)」というような檄文《げきぶん》を各地の豪族に向けて出していたようだが(『正史』「魏書・袁紹伝・裴松之注」)、こと戦場においては軍略も何もなかった。先制攻撃をするでもなく、背後を突くでもない。敵の眼前に陣を構えて雨のように矢を射掛け、あとはひた押しに押すだけ。その無策に苦言する部下もいないわけではなかったが、袁紹はその言をことごとくにぎり潰した。

田豊《でんぽう》という幕僚など、この戦いの前に「曹公は軍隊を巧みに操り、千変万化の術を弄します。軍勢は少数とはいっても、あなどることはできず、持久戦にもちこむにしたことはありません」と提言したところ、「戦意をくじく」と袁紹は激怒し、田豊を投獄。戦《いくさ》に敗れると、「意見を聞かなかったことで、わしは大勢から嘲笑されるはめになった」と言って、殺害したという。『正史』は、そうした袁紹の資質を「表面はおっとりと上品で、度量があり、喜怒哀楽を表情にあらわさないが、内心は嫌悪の情が強かった」(「魏書・袁紹伝」)と記録している。

かたや曹操には、ゆとりも何もない。敗れれば絶滅という危機感があるだけだ。曹操は決して常勝の将軍ではないが、董卓軍との戦い、青州黄巾軍との戦いなど、ここぞという一戦には渾身の力を発揮する。数々の戦場を乗り越えてきたことで、戦《いくさ》における経験も豊かになっている。すべての力を注ぎ込むしか、この修羅場を乗り越える道はない。そう決意したことが、十万対三十万という絶対不利の野戦に奇跡を起こした。それはまさに、袁紹に殺された田豊が予見したことでもあった。

二大国家の時代が始まろうとしていた

二月、曹操は白馬《はくば》・延津《えんしん》での前哨戦に勝利。3章で述べた（曹操軍の）関羽《かんう》と（袁紹軍の）顔良《がんりょう》との一戦は、この白馬での出来事だ。劣勢を忘れさせる勝利に、士気も高まった。しかしこの勝利は、いわば局地戦に勝っただけのこと。やがて黄河を渡航してきた袁紹の大軍に官渡の本陣を包囲され、ひたすら耐え忍ぶしかない。

兵糧も尽きてきた十月、とつぜん変化が訪れた。袁紹の謀臣・許攸《きょゆう》が重大な情報をもち、曹操に寝返ってきたのだ。情報とは「三十万の袁紹軍を支えるための兵糧が持ち込まれ、官渡の北にある烏巣《うそう》に集められている」というものだった。

諸将はこの情報を袁紹の罠だと決め付けたが、幕僚の荀攸《じゅんゆう》と賈詡《かく》は攻撃を勧め、曹

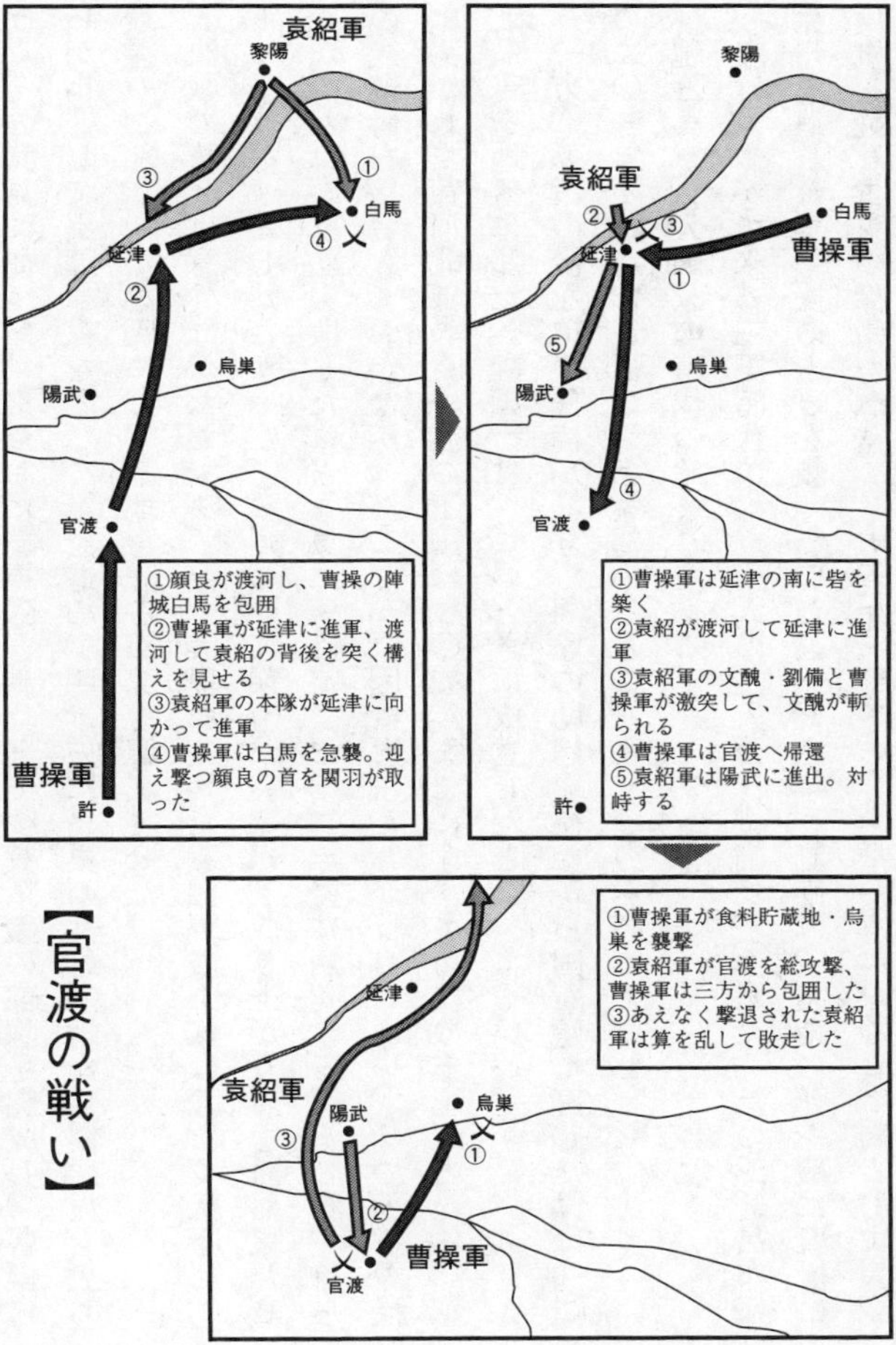
袁紹軍
黎陽
①
③
白馬
④
延津
②
烏巣
陽武
官渡
①顔良が渡河し、曹操の陣城白馬を包囲
②曹操軍が延津に進軍、渡河して袁紹の背後を突く構えを見せる
③袁紹軍の本隊が延津に向かって進軍
④曹操軍は白馬を急襲。迎え撃つ顔良の首を関羽が取った
曹操軍
許
黎陽
袁紹軍
②
③
白馬
延津
曹操軍
①
⑤
烏巣
陽武
④
官渡
①曹操軍は延津の南に砦を築く
②袁紹が渡河して延津に進軍
③袁紹軍の文醜・劉備と曹操軍が激突して、文醜が斬られる
④曹操軍は官渡へ帰還
⑤袁紹軍は陽武に進出。対峙する
許
①曹操軍が食料貯蔵地・烏巣を襲撃
②袁紹軍が官渡を総攻撃、曹操軍は三方から包囲した
③あえなく撃退された袁紹軍は算を乱して敗走した
延津
袁紹軍
陽武
烏巣
③
①
②
曹操軍
官渡

【官渡の戦い】

操もその意見に従った。ただちに騎馬隊と歩兵とで少数精鋭の部隊を編成し、曹操自らが指揮して出陣。夜を徹して軍を進め、明け方に烏巣《うそう》の兵站基地を急襲。火を放ち、兵糧のことごとくを灰にし、基地を守る部隊を壊滅させた。

決戦の勝敗は意外なかたちで決した。兵糧を失った袁紹軍の士気は著しく低下し、もはや撤退するしかなかった。冀州の鄴《ぎょう》に戻った袁紹は、成り上がり者を討ち果たせなかったばかりか大敗したことを気に病んだまま、二年後に病死する。その際、自らの後継者を指名しておかなかったことが原因で息子たちが反目しあい、その隙を曹操に突かれて黄河北部の袁一族の王国は二〇五年までにすべて曹操の支配下となる。華北一帯を地盤にした「魏国」は、このときに成立したといってもいい。

一方、孫策の後を弟の孫権が継ぎ、周瑜の助けを得ながら国を建て直した呉は、この二〇五年の時点で、再び天下を望めるところまで国力を高めていた。

魏と呉、二大国家の時代の始まりである。

では、やがて来る三国時代のもう一人の主人公、劉備はどうしていたのか。呂布《りょふ》に徐州《じょ》を追われて曹操のもとを頼っていた（一九六年）劉備は、袁術の死を機に曹操に反旗を翻し古巣の徐州を奪還（一九九年）。そこを曹操に追われると客将として袁紹を頼り「官渡の戦い」に参戦し、敗れたのちは荊州の劉表《りゅうひょう》を頼っている（二〇一年）。主役として二大国家の間に入り込むには、いましばらくの時間が必要だった。

周瑜像／撮影著者

5章　孫権——赤壁の戦いへ一世一代の決断

孫権《そんけん》は、剣を抜き放った。

「会議の決定を伝える。われらは、これより曹操《そうそう》と開戦する。それが、唯一の私の道だ。降伏は、死ぬことである。命があってもなお、男は死するという時がある。誇りを、捨てた時だ」

孫権は、剣を振りあげ、渾身《こんしん》の力で振り降ろした。文机が、きれいに二つになった。

「私の決定を伝えた以上、これから先、降伏を唱える者は、この文机と同じになると思え。私は、わが手で、この乱世を平定する」

声があがり、やがてどよめきになった。

（北方謙三『三国志』七の巻）

黄巾《こうきん》の乱から数えると二十四年。董卓《とうたく》の漢朝簒奪《かんちようさんだつ》から数えても十九年。二〇八年、荊州《けい》で力を振るってきた劉表《りゆうひよう》が死ぬと、群雄相打つ乱世にもようやく収まりどころが見えてきた。河北《かほく》の曹操、江南《こうなん》の孫権。二人に、覇権の行方がしぼられてきたのだ。

戦いに次ぐ戦いの日々を過ごしてきた老練の戦人《いくさびと》、曹操。父と兄の夢を継いだ若き孫権。両者の軍団は長江《ちょうこう》の流れの上で対峙する。決着は簡単につきそうだった。数千艘《そう》もの軍船が燃え、砦《とりで》が燃え、その炎が長江を挟み対岸の岩壁を赤く染めた「赤壁《せきへき》の戦い」。今回は「三国志」最大の山場に焦点を当てる。

三代目孫権の器量

江南を制圧した孫策《そんさく》がわずか二十五歳であっけなく死んだのは、ちょうど二〇〇年。曹操が官渡《かんと》で袁紹《えんしょう》と戦った年だ。中原《ちゅうげん》で雌雄が決しようとしているとき、江南では再び乱世になるかもしれない事態を迎えたのだ。しかし、今回は孫策の軍団が誰かに吸収されるということもなく、孫策が息を引き取る間際に七歳年下の弟・孫権を後継者に指名すると、皆その言葉に従った。その時、孫権は十八歳。孫家では十七歳で父・孫堅《そんけん》に先立たれた孫策に続き、二代続けて若い跡継ぎが立つことになった。

孫策は、孫権には次のように言い遺《のこ》している。

「江東《こうとう》の軍勢を総動員し、敵と対峙しつつ機を見て行動をおこし、天下の群雄たちと雌雄を決するといったことでは、おまえはこのおれに及ばない。しかし賢者を取り立て能力ある者を任用して、彼らに喜んで仕事に力を尽くさせ、江東を保ってゆくということでは、おまえのほうがおれよりも上手《うわて》だ」（『正史』「呉書・孫策伝」）

父親の孫堅には抜群の戦《いくさ》の才能があったが、もう一つ、義勇軍を組織して中原に出、軍事的に活躍しただけでなく、袁紹や袁術《えんじゅつ》、二人を通して後漢の宮廷にまで認められるようになったという、人づきあいとか身の処し方の才能もあった。ぼくはその戦《いくさ》の才能は孫策に、人づきあいなどの才能は孫権に受け継がれたと思っている。

孫策の目論見通り、孫権への権力移行はスムーズに進んだようだ。

「三国志」の物語ではしばしば、部下が主《あるじ》の人物を量り、だめだと判断すると見限って別の主の元に走るという例が出てくる。荀彧《じゅんいく》や郭嘉《かくか》が袁紹を見限り曹操の元に走ったのがいい例だ。しかし孫権の元からは、少なくとも孫策の補佐をしていた張昭《ちょうしょう》や孫堅時代からの古株の武将といった大物たちは、誰一人去っていない。逆に、継いでからすぐ魯粛《ろしゅく》や諸葛瑾《しょかつきん》といった優秀な文官たちを新しく部下にしている。

ただし、戦《いくさ》があまり上手でないという孫策の見方も当たっていた。孫権は位を継いでから三年目の二〇二年、父・孫堅が狙撃者の手で倒れたときの戦いの直接の相手で、劉表の部将・黄祖《こうそ》を倒そうと、満を持して遠征した。が、格下の一部将の黄祖に苦戦し、ようやく倒したのは二〇八年、黄祖に対する三度目の遠征のときだった。もしかすると孫権には、戦《いくさ》で死ぬというより戦場のどさくさの中で暗殺されることへの恐怖心があったのかもしれない。孫堅も、孫策もいわゆる戦死ではなく狙撃死・不審死だった。周囲も警戒しどんな場所でも孫権を警護しただろう。そういう環境ではあまり戦《いくさ》上手にはなれない。

戦《いくさ》が弱いことは本人も自覚していたのか、対黄祖戦以外のほとんどは周瑜《しゅうゆ》や、程普《ていふ》、黄蓋《こうがい》、韓当《かんとう》など古株の武将たちに任せている。劉備《りゅうび》ではないが、強い武将が部下にいればいいのである。そして周瑜以下、強い部下たちは孫権にそれぞれ働き場所を与えられてよく働いた。

その結果、江南は孫権の代になって、以前より安定し、国力を増していた。若い孫権は「名君」だったのではないだろうか。

「決断」はいかにして下されたか

八年間順調に江南を治めていた孫権に、緊急時が訪れる。

曹操から「あなたと呉の地で狩猟をしたい」という手紙を受け取ったのだ。狩猟とは雌雄を決するということの婉曲《えんきょく》な言い回しである。

直前の二〇八年晩夏、曹操は荊州に侵攻していた。荊州を支配していた劉表の病死直後を狙ったもので、残った一族をたちまち降伏させてしまった。荊州は長江中流域にまたがる広大な州で、その南部は孫権の版図と直接接している。そのため曹操の荊州併合だけでも孫権にとってかなり深刻な事態だというのに、今度は直接、呉の地へ侵攻するという予告の手紙だった。孫権に手紙を見せられて、軍議の場は騒然となった。

曹操は巨人に成長していた。荊州の併合で、曹操に敵対はもちろん、人質を出さないなど積極的には従わないという地域ですら、江南の他には、もはや漢十四州のうちに益《えき》州しかなくなっていた。江南の支配権を確立して間もない孫権とは力の差が大きすぎ、単独ではとても太刀打ちできそうになかった。といって、益州を支配する王族の劉璋《りゅうしょう》はすでに老齢で、中原から入りにくいという地の利だけで生き残ってきている人物である。とても頼りにはできなかった。すると孫権がとりうる方法というと、負けを覚悟で戦うか、降《くだ》るか、二つしかない。

軍議の場は降伏論が圧倒的だった。日頃から慎重すぎるほど慎重と評された張昭を筆頭にする文官はもちろん、軍人の多くもそうだった。ぼくは軍人の悲観論には戦術面からのものもあったと想像している。曹操の手紙には「水軍八十万の軍勢を整えて」とあった。すると曹操艦隊は、新しく併合した荊州の江陵《こうりょう》あたりから、長江を攻め下ってくることになる。河での戦いは上流にいるほうが絶対有利だ。下流で迎え撃つほうは、絶えず流れに逆らいつつ戦うことになるためだ。戦術的に考えても絶対に不利だったのである。

では、孫権自身はどんな腹づもりだったのか。

『正史』(「呉書・呉主伝」)には「ただ周瑜と魯粛だけが曹公を拒《こば》むべきだという意見を頑強に主張し、その気持は孫権の意向とも合致した」とある。

ぼくは、孫権はやる気だったと思う。孫権には孫家の当主として、父と兄が夢見てそのために戦い、やっとここまできた呉という国を簡単に手放したくないという、強い意識があったはずだからだ。そこでぼくは軍議のシーンを、次のような流れの中で描いた。

任務で軍議に遅れてくる周瑜の登場を、孫権は心待ちにしていた。周瑜こそ、孫権の軍団の中でただ一人明確に戦う理由を持っていた人だからである。その理由とは、孫策との友情、天下を獲るという約束。やがて軍議に周瑜が登場する。そして、おれは戦う、戦って孫権に天下をうかがってもらうのだと言う。周瑜は最高位の軍人であり、当代孫権の兄代わりのような立場の人でもある。その言葉に、表立って異を唱えられる者はいない。

そこで孫権は最終決定者として、曹操による統一を許さない、戦うと宣言する。そして剣を抜いて目の前の机を両断し、言う。

「私の言葉に従わない者はこの姿になる」

ぼくは、その瞬間、「三国志」という物語世界が完成したと思っている。そのとき孫権が戦うと決断しなかったら、曹操による覇権が確立して、三国時代はなかったからだ。また、だからこそ孫権は、後に優柔不断とか動かない男と評される行為を重ねるにしても、そのときの戦うという判断だけで、「三国志」の主人公、中心人物たり得たのである。

劉備との同盟に見る孫権の心情

曹操と戦うことを決断した孫権。一人でも二人でも援軍がほしいところだったが、そのときちょうど孫権の元に救援を求めて来ている者がいた。劉備の軍師・諸葛亮《しょかつりょう》である。

曹操が併合した荊州には、劉備がいた。

劉備は二〇〇年に曹操の手で徐《じょ》州から追われ、袁紹の客将を経て、二〇一年には荊州の劉表のところにたどり着く。劉表は二千人ほどしかいなかった劉備の部隊に、荊州北部の新野《しんや》に駐屯することを許す。北辺の備えと言えば聞こえがいいが、曹操に攻められたら真っ先に死ぬ部隊配置である。ところが新野の居心地が意外によかった。二〇〇年代最初の十年、曹操の興味は中原の北、袁紹(注)の残存勢力の平定と鄴《ぎょう》を中心とした冀《き》州の拠点化にあった。時に夏侯惇《かこうとん》な

●劉備の足跡

193年	徐州・陶謙の客将に。小沛に駐屯
194年	徐州牧となる
196年	呂布に徐州を乗っ取られる
	呂布と和睦し小沛に。呂布に敗れ、曹操の元へ
199年	曹操に造反、徐州を奪回
200年	曹操に敗れ、袁紹の元へ。官渡の戦い
201年	汝南で曹操に大敗、荊州・劉表の元へ。新野に駐屯
207年	諸葛亮を三顧の礼で迎える
208年	長坂で曹操に敗退し、逃亡。呉と同盟

どの武将を派遣して荊州を叩かせてはみたものの、劉表や劉備を相手にしている時間はなかったのだ。

それをいいことに劉備は七年もの時を荊州で過ごす。軍師の諸葛亮にめぐりあったのも、劉備の子どもの劉禅《りゅうぜん》が生まれたのも、荊州時代の末だった。『正史』（「蜀書・先主伝」）の裴松之《はいしょうし》注には、「最近馬に乗らなくなったので太ももに肉がついてしまった」と嘆く劉備の言葉も記されている。

しかし二〇八年になると情勢が急変する。曹操が河北《かほく》と北辺《ほくへん》の烏丸《うがん》勢力の平定をほぼ終え、目を南に転じたところに、老年だった劉表が後継者問題を残したまま病死。曹操の荊州侵攻、併合という事態を生み出したのだ。曹操襲来の情報入手が遅れた劉備は、これで何度目かの妻子を置き去りにした逃走を行ない、長江をはるばる下って漢水《かんすい》との合流地点にある夏口《かこう》にたどり着く。（注）張飛《ちょうひ》や趙雲《ちょううん》が活躍する「長坂《ちょうはん》の戦い」など、このあたりは物語的にもおもしろいところだが、孫権への救援依頼は、劉備のこういう切羽詰まった事情から出されていた。

普通なら受けないところだ。

現実問題として、劉備軍には船がない。兵力も数千。劉備軍には戦術的な価値も戦略的な価値もないのである。しかし、孫権は同盟を組んだ。それは、諸葛瑾《しょかつきん》という諸葛亮の兄や、なぜか常に劉備に同情的な魯粛《ろしゅく》が、孫権の有力なブレーンだったということもあるだろう。しかしぼくは、呉は孤立しているわけではない、最初の動乱の時代から今までずっと戦場にあった徳の将軍、劉備軍もついているぞという、内に向けたプロパガンダだったのではないかとにらんでいる。曹操という桁違いの規模の勢力を前に、切羽詰まっているのは孫権も同じだったのだ。

赤壁の戦い――勝敗を分けたもの

二〇八年十二月。

真冬の長江、夏口から五十キロほど遡ったその北岸にある、烏林《うりん》。そこに曹操の南伐軍、およそ三十万の軍勢がいた。

曹操五十三歳。周瑜軍との緒戦の遭遇戦に敗れ、烏林に追い込まれた形になってはいたものの、まったく動じていなかっただろうとぼくは思う。凄まじい大軍を動員し、主だった将兵、文官のほとんどを同行させていた。水上戦に慣れさせるため、新しい拠点の鄴に運河を造り、船を浮かべて調練してきていた。荊州の江陵《こうりょう》に大量の武器、食糧を集積し、長江経由で補給する手はずも整えていた。負けるはずがないという体制になってから進軍を開始したのである。覇権は曹操の手が届く距離にあった。あるいは曹操は、これが最後の大戦になると考えていたのかもしれない。

対岸に周瑜軍が対峙していた。同僚の程普《ていふ》と同盟軍の劉備が指揮する部隊を入れても、その数わずか三万。

周瑜三十三歳。緒戦には勝ったが、数千艘の軍船が何重にも重なりつつ北岸を埋め尽くしているのを見て、想像を超える大軍だったことに肝をつぶしていたのではないか。寡勢の軍にとっては、すぐそこに大軍が滞留しているだけで、「まだやるのか」「降伏しないのか」という圧力になる。後方では周瑜の作戦と並行して、江東に近い曹操の拠点、揚《よう》州の合肥《がっぴ》を孫権自らが攻めているはずだった。曹操に二方面作戦を強いるためだったが、老練な曹操にどこまで通用するか。しかし、怖じけていては孫策との夢が潰《つい》える。心理的に追いつめられながらも、周瑜はわずかな勝機をうかがっていた。

「風」である。

周瑜は火攻めを考えていた。火攻めで重要なのは風だ。火をつけるとき、風は攻め手側から敵側に向かって強く吹いていなければならない。しかし冬は北西からの風が吹くことのほうが多い。曹操側から周瑜側に向かって吹く風だ。長江北岸の烏林で曹操が滞留していたのも、火攻めの危険は小さかったからだとぼくは思う。ただし風向きが絶対に変わらないかといえば、そうではない。周瑜は、風向きが変わるのを待ち続けていたのである。

曹操が動き出すまでに、吹くか、吹かないか。吹けば火攻めに攻めて一気に勝てるし、吹かなければ負ける。周瑜の賭けだった。

火攻めを思いついたのは、『正史』(「呉書・周瑜伝」)によれば、孫堅以来の老将の黄蓋《こうがい》であるらしい。黄蓋は火攻めをより確実に成功させるため、曹操に偽りの投降を申し出たともある。まるで物語のようで、おもしろい。しかし、後に「赤壁」と呼ばれることになる場所での曹操と周瑜の対決で、最もおもしろいのは、風が一方を滅びから救い上げ、一方を滅びの寸前へと追いやったこと。英雄二人の運命が、一片の風に託されたことではないだろうか。

さて周瑜が風を待っている間に曹操の陣営では、疫病の発生や長駆遠征してきた疲れによる士気の低下があり、そのためか滞留が長引く。そしてある日、風向きが変わった。賭けの目は「呉」と出たのである。

老将黄蓋によって放たれた火は、追い風に煽《あお》られ次々に曹操の軍船に燃え移った。やがてその炎は数千艘の軍船団すべてが燃える炎となり、長江に照り返して対岸の岩山を赤々と染めた。何の変哲もない岩山が「赤壁」になり、戦いが終わった。

ところで、『三国志演義』の中で、風向きを変えるために諸葛亮が壇を組んで、その壇の上で天に向かって祈った。祈ったら風が変わったという話が出てくる。祈って風が変わるならば戦は苦労しないで勝てる。曹操がまた祈りなおせば、また違う風が吹くだろう。だから、それ

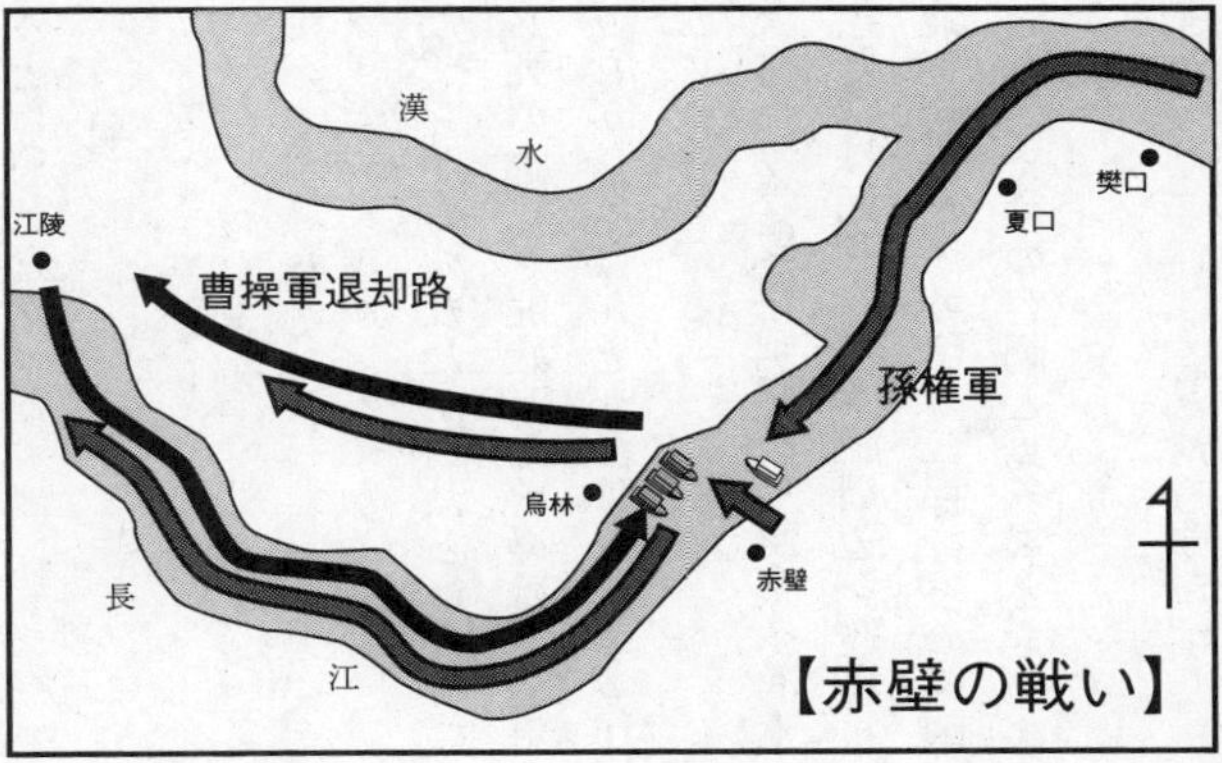

は演義の中の話だと思って、ぼくはその話を書こうとは思わなかった。

「赤壁」後、最も運命を好転させたのは

「赤壁の戦い」は、曹操、孫権、劉備それぞれのターニングポイントになった。

曹操の立場から赤壁の戦いをまとめると、負けた、しかし死なかったというものになるだろう。燃え上がる炎を見て敗北を悟り、必死の逃亡を開始した曹操は、追撃と湿地帯を抜けての敗走で消耗し、半死半生になりながらもなんとか江陵に到着。江陵の備えを曹仁《そうじん》に託すと、軍団とともに鄴に帰ったのだ。

そして翌年三月には再び水軍の調練を始め、七月に、今度は中原から南東へ淮水《わいすい》(淮河《わいが》)経由で合肥に遠征する。しかし孫権との正面戦は回避し、合肥周辺を巡察しその東に屯田《とんでん》を開くなど体制固めをしただけで、北へ戻った。要するに孫権との「国境」を固めたもので、曹操による「天下二分」のとりあえずの容認と見ることもできる。

死なかったが、負けたことの打撃はやはり大きかったということだろうか。

『正史』（「魏書・武帝紀」）に「公（曹操）は赤壁に到着し、劉備と戦ったが負けいくさとなった」とあるが、劉備の赤壁での仕事はいわば名義上の責任者であることで、それ以上のものではなかったように思う。にもかかわらず、赤壁を機に状況が最も好転したのは劉備だった。

周瑜、程普ら孫権の将軍たちと一年ほどかけて江陵から曹仁を追い払うと、孫権から荊州南部の一部の支配権を与えられ、以後、荊州南部の支配者への道を突き進んだ。孫権にまだ長江流域のすべてを防衛する余力がなく、西側の荊州南部が手薄になっていた事情による。劉備と孫権との蜜月はもうしばらく続く。劉備たちの長い流浪にもようやく終わりが見え始めていた。

孫権は最大の危機を乗り切った。孫権にとっての赤壁最大の成果は、父も兄も経験していない曹操との正面戦を行ない、しかも勝ったことによる自信だろう。孫家の呉から孫権の呉になったと言ってもいいかもしれない。二一〇年、孫権は長江を遡って益州を奪うという、周瑜の遠征計画を承認する。それはぼくには、益州を確保して中原を挟撃できる体制を作り、曹操という現実的な脅威に対抗するためというより、孫堅、孫策の天下を獲る夢を孫権なりに我がものとした結果であるように思える。

しかし、周瑜は遠征準備のため荊州に戻る途中で、おそらく赤壁後の掃討戦の中で負った傷がもとで、二一〇年の末に死ぬ。三十五年の生涯だった。周瑜という夢の実現者を失った孫権は、以後、少しずつ国家戦略の重心を外征から内政へと移していく。それは孫策と周瑜が結んだ夢の終わりであると同時に、劉備が益州を得て「天下三分」が実現されるためにどうしても必要なプロセスだったとぼくは思う。

呉関連人物

【家系】

孫堅
├ 孫策
└ 孫権

武官

周瑜　呂蒙　程普　黄蓋
韓当　陸遜　甘寧　太史慈

文官

魯粛　張昭　諸葛瑾

【孫家の家系】

孫堅《そんけん》　一五六～一九二年　呉郡《ごぐん》出身。字《あざな》は文台《ぶんだい》。黄巾《こうきん》の乱を平定し長沙太守《ちょうさたいしゅ》となる。江東《こうとう》を制する戦いの途上、劉表《りゅうひょう》戦で死亡した。

孫策《そんさく》　一七五～二〇〇年　字は伯符《はくふ》。孫堅の長子。父の死後、袁術《えんじゅつ》の元に身を寄せた。機を得て会稽《かいけい》を平定するなど、呉の基盤を築いた。小《しょう》覇王《はおう》と呼ばれる。父同様に非業《ひごう》の死を遂げる。

孫権《そんけん》　一八二～二五二年　呉の初代皇帝。字は仲謀《ちゅうぼう》、諱《おくりな》を大皇帝《だいこうてい》。孫堅の次子。父・兄の遺志を継ぎ、五十年にわたり呉を治めた。戦《いくさ》には疎《うと》く、内政の充実に手腕を発揮した。

【武官】

周瑜《しゅうゆ》　一七五～二一〇年　前部大都督《ぜんぶだいととく》。字は公瑾《こうきん》。美周郎《びしゅうろう》と謳われた若き軍略家。孫策と同年の親友で、義兄弟の絆《きずな》を結ぶ。孫策死後は孫権を盛り立て、赤壁《せきへき》の戦い勝利の立役者となった。

呂蒙《りょもう》　一七八～二一九年　関羽《かんう》を討ち、荊州《けいしゅう》を平定するが、その後、すぐに病に倒れた。

程普《ていふ》　?～?年　黄巾の乱から孫家三代に仕える重鎮《じゅうちん》。軍事・政治ともに秀でた名将。

黄蓋《こうがい》　?～?年　程普、韓当と並ぶ古株《ふるかぶ》。赤壁の戦では、曹操に偽降《ぎこう》、火攻めを成功させた。

韓当《かんとう》　?～二二七年　荊州で関羽を、猇亭《おうてい》で劉備《りゅうび》を破る。根っからの軍人。

陸遜《りくそん》　一八三～二四五年　夷陵《いりょう》の戦では、耐えしのいで劉備軍を誘い出し潰滅《かいめつ》させた。

甘寧《かんねい》　?～二二二年　遊侠《ゆうきょう》の徒から一転勇猛で鳴らす武将となり、孫権によく仕えた。

太史慈《たいしじ》　一六九～二〇九年　孫策との一騎打ちの後に帰順《きじゅん》。信義に厚い、短戟《たんげき》の名手。

【文官】

魯粛《ろしゅく》　一七二～二一七年　赤壁の戦いでは劉備との同盟に尽力《じんりょく》。周瑜亡き後の呉を牽引した。

張　昭《ちょうしょう》　一五六～二三六年　内政の重臣として建国に貢献。曹操との戦いでは、講和を主張した。

諸葛瑾《しょかつきん》　一七四～二四一年　諸葛亮《しょかつりょう》の兄。実直な文官としてよく孫権を補佐した。

赤壁／撮影著者

6章　孔明――夢と現実を交錯させた戦略家

眼を開き、孔明《こうめい》は炉の小枝の燃えさしを掴《つか》んだ。

「よろしいですか、殿。私の申すことを、よくお聞きください」

劉備《りゅうび》が頷《うなず》いた。

「天下三分の計」

「なんと」

「私が見るかぎり、劉備軍には戦術があって、戦略がありません。それが、大きく飛躍することができなかった理由です」

孔明は、床に燃えさしで線を描いた。この国のかたち。

しばらく、二人でそれを見つめていた。


（北方謙三『三国志』六の巻）

目の前にぶら下がっていた曹操《そうそう》の天下統一への夢が、赤壁《せきへき》の敗戦で一気に遠ざかった。次は呉《ご》の時代かと思われた矢先に、天下二分を目論んだ周瑜《しゅうゆ》が急死した。時の流れの方向が見失われそうになった、その一瞬の間隙をついて急成長を遂げたのが劉備である。やがて天下は、魏《ぎ》の曹操、呉の孫権《そんけん》、蜀《しょく》の劉備による三国鼎立《ていりつ》の時代を迎えることになる。

この時代の立役者といえば、劉備の軍師をつとめた諸葛亮孔明《しょかつりょうこうめい》を除いてほかにはいない。これまでの曹操、劉備、周瑜をはじめとする無骨な武将たちとは異なり、羽扇を携えた道士のようにイメージされる諸葛亮。実際にはどのような人物だったのか。

劉備・諸葛亮の思惑を推理する

諸葛亮、字《あざな》は孔明。徐州の瑯邪《ろうや》郡陽都県の人で、父の没後、荊州の農村で田畑を耕して暮らしていたと『正史三国志』（「蜀書・諸葛亮伝」）にある。自らを管仲《かんちゅう》（春秋時代、斉《せい》の名宰相）や楽毅《がっき》（戦国時代、燕《えん》の名将）に並ぶ才と称していたが、ごくわずかな知人を除き、それを信ずるものはいなかったともいう。

諸葛亮と劉備とを結びつけたのは、ほんの一時期、劉備のもとで軍師役をつとめていた徐庶《じょしょ》という人物である。流浪の軍師であった徐庶は、劉備軍における戦闘指揮の鮮やかさによって、敵方の曹操にその才能を知られるところとなり、国許《くにもと》に残した母を人質にとられ、それが原因で魏に降る。その際、自分の代わりになる軍師として諸葛亮がいることを劉備に教えていったのだ。ちなみに『三国志演義』によれば、魏で徐庶を迎えた人質の母は、曹操の奸計《かんけい》により結果的に劉備を裏切ることになった息子の姿を見て悲嘆し、息子の目の前で決然と自死を選ぶ（第三十七回）。曹操の悪業ぶりもさることながら、徐庶の母の過激な行為などまさに『演義』ならではの劇的なエピソードともいえよう。これもまた曹操の目論見だったのか、それとも徐庶自身がもはや才を振るう気力を失っていたのか、魏に移ってのちの徐庶は格別な働きもなく歴史の舞台からひっそりと姿を消す。

さて、劉備が諸葛亮のもとを訪ねるくだりは、周知のように劉備がわざわざ山間の草庵を三度訪問し、その礼の篤さに諸葛亮が感じ入り出馬を決めるという「三顧《さんこ》の礼《れい》」のエピソードとして『演義』には描かれている。庵を三度訪ねてようやく会うことができたというのは『正史』（「蜀書・諸葛亮伝」）にも記載されているが、その後に「交情は、日に日に親密になっていった」という記述もあり、たった一回の会談で双方の心が通じ合ったというわけではない。何度も会談し議論を重ねたうえで、互いに納得しあって配下に加えた（加わった）と考えるのが普通だ。そこにはどのような思惑があったのか、三国志の分岐点ともなる場面なので、ぼくが作家として考えてみたことをまとめておこう。

劉備の立場から見れば、関羽《かんう》や張飛《ちょうひ》とともに大志を抱き幽《ゆう》州の涿県《たくけん》を出て数十年、戦場で生死を賭して生きてきたが、足場を築いたかと思えば追われ、領土を確保したかと思えば追われることの繰り返しである。そのつど自分なりに戦略を考えて生き抜いてきたという自負はあるものの、曹操の魏が巨大な国となり、孫一族の呉が地力をつけていくのを見て、自分の戦略そのものの正しさに疑問を感じていたに違いない。考えてみれば、曹操には荀彧《じゅんいく》や賈詡《かく》、孫権には張昭《ちょうしょう》などの優れた幕僚がいる。関羽や張飛はその任ではない。いま自分に必要なのは、自分の弱さを補ってくれるそうした戦略的な軍師ではないか。コマが不足している——戦場を駆け巡った勝負師として、冷徹にそう考えていたとしても決して不思議ではない。それを徐庶に期待したこともあっただろうし、諸葛亮にも求めていたはずだ。

そこに諸葛亮は「天下三分」という、とんでもないプランを持ち出してきた。まずは長江の南側に広がる呉と手を結ぶ。そのうえで長江《ちょうこう》中流域の荊《けい》州、さらにその奥にある要害の地・益《えき》州を手に入れれば、魏と呉の二大国に伍していくことは不可能ではない。しかも、成都《せいと》を中心にした益州の領主・劉璋《りゅうしょう》は政治に疎く、つけ入るチャンスは必ずある。それまでの劉備ならば想像することもできなかったスケールの構想、しかも実現の可能性がゼロではない。劉備は即座に「これだ!」と思ったに違いない。

一方、諸葛亮の立場から見るとどうだろう。『演義』には、「私は長年、農耕生活を楽しみ、世間に出るのは億劫ですので、ご命令に従うことはできません」と劉備の誘いを断る場面もあるが(第三十八回)、ぼくが思うに、いかに時代や文化が違うとはいえ、若くして素質もある人間が、世の中から隠遁したままじっとしていられるはずがない。まして乱世である。チャンスがあれば、それに賭けてみたいと思う気持を必ず持っていたはずだ。曹操や孫権への仕官も視野に入れていただろう。同時に、曹操にも孫権にもすでに優秀な幕僚がいることもわかっている。曹操が天下を取ろうと、孫権がそれを押しとどめようと、結局は自分は出来上がりかけた容器の中で歯車として働くしかない。諸葛亮ほどの才能には、それがどれほどつまらない現実に見えたことか。そうした諦念、別の言い方をすればプライドの高さが、青年孔明を山間の草庵に押し込めていたのだろう。

そこに、まだまだ流浪の将軍に過ぎなかった劉備がやってきて、不意討ちのように天下への夢を語ったのだ。その夢には具体的な目標がないものの志《こころざし》だけは強い。配下には軍師といえる人物がなく、劉備もそれをはっきりと自覚している。そして、何の実績もない自分の「天下三分」の考えに目を見開き、その構想のためにともに戦いたいという。自分の働きで天下の行く末が変わるかもしれない、力が試せるかもしれない。これこそ自分が待ち望んでいた好機ではないか。いまこの人物にすべてを賭けなければ、二度と草庵を出る機会は訪れないのではないか——劉備との議論を重ねながら、それまでの不本意な暮らしを覆したいという強い思いが幾度も胸を締め付けたに違いない。

男が男に惚れるとき

考えてみれば、ぼくが作家になったのも、『三国志』を書いてみようと思ったのも、その時その時の人との出会いが少なからず影響している。どこかに出たいと思っているときに、あなたは出て行くべきだと真摯な言葉で支えてくれた人々がいた。人生というのは、案外そういうものだと思う。がんばろうと思っても、他者の助けが何もなければ大きな力を出せないことがある。これをすべきだと言われても、他の仕事や生活を棚に上げてまでそれに関われない時期もある。

もし劉備と諸葛亮の出会いが、これよりも二年早ければ、あるいは二年遅ければ、おそらく三国時代は到来しなかったであろうし、中国の歴史も大きく変わっていたに違いない。

さらに言えば、諸葛亮は劉備という人間のどこかに、やはりきちんと惚れていた。たとえ自分の心の中にどれだけ満たされないものがあったとしても、たとえ相手がどれほど正しい理論を提示してくれたとしても、この人と自分は合わない、好きにはなれないという印象があれば、話はその場だけのものに終わってしまう。

劉備が三顧の礼で三度訪ねてくれたから、その恩に報いるために劉備の軍師を引き受けたという『演義』の描写は、いわば講談的なフィクションではあるが、だからといって感情をまったく抜きにして、利害とタイミングの良さだけで結びついたのかといえば、それもまた違う。まさに縁は異なものというしかないのだろう。

この後の二人の歩みを、かいつまんで整理しておこう。

諸葛亮を引き入れた劉備は、まず駐屯していた荊州新野《しんや》の地を引き払い、一族郎党を引き連れ長江南岸にある呉の夏口《かこう》へ脱出（二〇七年）。途中、曹操軍の追撃にあい長坂橋《ちょうはんきょう》の手前で激しい戦闘を行なう。曹操軍の前に立ちはだかった張飛、脱落しそうになった劉備の子・劉禅《りゅうぜん》を趙雲《ちょううん》が救ったエピソードの舞台がここだ。その後は前章でも述べたように、呉と同盟を結び赤壁の戦いに参戦（二〇八年）。曹操を破った後、荊州南部を次々に切り取り、長江を上って益州へ進軍しようとしていた周瑜を支援する。孫権の妹を夫人に迎えていたのもこの時期だ。ここまでは、いわば「徳の将軍」というイメージ通りの行動ともいえる。

ところが、周瑜が急死し、呉の領土拡大策が頓挫すると、運気はにわかに劉備側に傾く。荊州南部は事実上の支配下となり、さらに千載一遇の好機が訪れるのだ。益州の劉璋《りゅうしょう》に請われ、漢中に立てこもる宗教集団・五斗米道《ごとべいどう》の討滅のため、救援軍として益州に進軍してほしいというのである（二一一年）。荊州のおさえとして関羽を残し、劉璋の大歓待を受けるおまけつきで、念願だった益州に兵を失うこともなく入国した劉備。張魯《ちょうろ》率いる五斗米道討滅のため成都から軍を発するや、途中でとって返し劉璋に対するクーデターを起こす。益州各地を次々に併合し、敗残兵の多くを配下に加え、やがて劉璋のいる成都を幾重にも包囲する。数十日の籠城の後、劉璋は降伏（二一四年）。益州平定の途中、雒城《らくじょう》攻防戦で、諸葛亮と並び称された軍師・龐統《ほうとう》（注）が流れ矢に当たり戦死するという不幸はあったものの、赤壁の戦いからわずか六年の期間で、数千の軍を率いてきた流浪の将軍が、数万の軍を率いる益州の支配者へと急成長したのである。張飛、趙雲、諸葛亮をはじめとする劉備軍が、もっとも晴れがましいひとときだったに違いない。

しかしそれは、新たな、そしてより厳しい闘争の時代の序章にすぎなかったのである。

呉の裏切りと関羽の死

この頃、劉備麾下に馬超《ばちょう》という猛将がいた。字《あざな》は孟起《もうき》、西域出身の武将である。赤壁の戦いの後、劉備が荆州から益州へと手を広げていた数年間、馬超は雍《よう》州、涼《りょう》州の西域侵攻を企てる曹操軍に対抗し、死闘をくりかえしていたのだ。この地域での馬超の人望は高かったが、やがて曹操側の「離間《りかん》の計《けい》」（注）によって身内に裏切られるところとなり、城を追われて命からがら戦場を脱出し、各地を転々としながら、劉備のもとへ身を寄せたのである。

馬超が劉備の配下になったのは、ちょうど成都包囲戦の頃だ。籠城していた劉璋は、劉備軍の中に馬超の姿を見つけ、「おそれおののき降伏を願い出た」と『正史』（「蜀書・馬超伝」）に記載されている。

その馬超を配下に迎え入れた裏に、「天下三分」の実現を冷静な目で追い求める諸葛亮の思惑があったことは間違いない。荊州と益州を手に入れたところで、それだけでは魏と呉の二大国に対抗していくには兵力も国力も不足している。成都から北へ進み、漢中をおさえ、そこから長安を攻めると同時に西域を味方に引き入れることで、ようやく真の意味での天下三分が実現する。それが叶わなければ、二大国に囲まれた小国家として滅びゆくしかないと諸葛亮は見ていた。馬超はその西域を劉備側に引き入れるために、絶対に必要な人物だったのだ。

劉備軍の膨張を危惧《きぐ》する呉を牽制し、漢中に侵攻した曹操を撃退する一方で、休む間もなく益州国内を整備した劉備と諸葛亮は、二一九年、その北進（北伐）プランを実行に移す。荊州に残した関羽と連動し、二方面から漢中、さらに雍州の長安を狙おうと企てたのだ。しかし、その過激さが、同盟国であった呉の猜疑心に油をそそぐことなる。関羽が統治する荊州南部は、亡き周瑜が求めていた土地である。それを客将に過ぎなかった劉備が、泥棒のように奪い取り、統治してしまったのである。劉備軍の北進策が成功し、蜀が力をつければ荊州が呉に返還されることなど二度とありえない。それを黙って見過ごすのは、周瑜の遺志をふみにじる行為に等しい。

荊州北部の魏領を攻める関羽軍の動きは凄まじいものだった。その裏側で孫権は魏と密《ひそ》かに連携をとり、食糧・武器などの兵站《へいたん》を脅かすと同時に、機を見て一気に退路を断つ。関羽は敵地で孤立し、再び劉備・張飛の義兄弟とまみえることも叶わぬままに非業《ひごう》の死を遂げる。敵の敵は味方に。三国時代とは、いつ誰が敵にまわっても不思議ではない非情の時代というしかない。関羽の首は、呉を通じて魏に送られた。曹操は献上された首を手厚く葬ったという。

天下よりも重かったもの

関羽戦死の翌年、曹操が病没（二二〇年）。王位を継承した曹丕《そうひ》（文帝《ぶんてい》）は、献帝《けんてい》から帝位を禅譲されたというかたちをとり、自ら皇帝となり、魏朝を建てる。ここに後漢王朝は完全に滅びた。

漢朝復興をめざしてきた劉備はこれに大いに怒り、魏朝成立を無意味なものにするために自らを帝位につけ、漢朝を継承するものという意味で国名を「蜀漢《しょくかん》」とする。だが、魏に向けたその怒りはあえて言えば一時のものに過ぎず、激情の矛先は孫権だけに向いていた。

小説『三国志』を書きながら幾度も考えたのだが、曹操亡き後のこの時期ほど、諸葛亮の考えていた北進に適した好機はない。

このあたり、さすがに曹操というべきところなのだが、死期を悟るや国中に令を発し、自分の死後、持ち場を離れて弔問《ちょうもん》のために都を訪れることを禁じている。その結果、人々は任地や領地で喪に服しただけで、魏国の混乱は驚くほどに少なかった。しかし、曹操配下の武将の多くが健在で、司馬懿《しばい》をはじめとする若手の軍師も育っていたものの、曹丕自身は戦場に生きた武将ではない。死ぬまで武将であることを自認していた曹操とは違い、二代目という難しい立場を保身するために、その眼差《まなざ》しはむしろ内政や人事に向けられていた。有力な武将ほど冷遇される事態も少なくなく、実戦経験豊かな劉備軍に勝機は確実にあったのだ。

魏と呉はもともと、揚《よう》州の合肥《がっぴ》をめぐって長く敵対している。一方で、蜀と呉との国境は険しい山々と長江とで厳しく隔てられている。奪還された荊州南部を孫権にそのまま渡し、それによって呉の国力が高まれば、軍事行動の矛先が魏に向くことはあっても蜀に向くことはない。呉の都に近い合肥の攻防戦が活発化すれば、蜀にとってはむしろ好都合である。荊州南部を呉に移譲し、あらためて同盟を結んだうえで北進して魏を攻めれば、長安《ちょうあん》、さらには西域を押さえて、事実上の「天下三分」が実現できたのではないだろうか。

諸葛亮ほどの人物ならば、当然そこに気づいていたに違いないし、それを劉備にも進言したはずだ。しかし結局のところ、次の一手もまた荊州に向けられることになる。関羽喪失のショックが、劉備の頭の中から大切な「戦略」をすっぽりと締め出していたというしかない。関羽と天下を比べれば、関羽のほうがはるかに重かったのである。

不運は重なるもので、出陣直前に張飛までもが不慮の死を遂げる。『正史』によれば、調練の厳しさが仇となり、陣中で部下に暗殺されたというのだ。義兄弟の二人を失い茫然自失の劉備は、「関羽の復讐戦」という大義だけをよりどころに成都を出陣する。

一方の呉にも、「亡き周瑜の遺志」という大義がある。二度と荊州を劉備には渡すまい、その思いが二段、三段におよぶ強固な陣を組ませ、将兵の士気も高かった。双方の正義のぶつかり合いは、一年余の長期戦となったが、この「夷陵《いりょう》の戦い」において最後に地力を発揮したのは、かつて周瑜に軍略を学んだ呉の若き武将たちだった。陸遜《りくそん》を大将とする呉軍は、蜀の大軍を引きつけるだけ引きつけ、疲労と焦燥を誘った後に、一気に攻勢に出る。「赤壁」で見せた周瑜の戦法を彷彿《ほうふつ》とさせる戦い振りに、関羽も張飛もいない劉備軍は散々に蹴散らされ、数万の兵力を失ってしまう。劉備は辛くも白帝城《はくていじょう》にたどり着くものの、病床につき、二度と成都へ戻ることなく、二二三年、帰らぬ人となる。享年六十三。

疲弊した国力を回復するために

この二度にわたる敗戦により、蜀の国力がどれほど疲弊したかはしれない。再び兵力を増強し、失われた将兵を育成しなければならない。一方で、やがての魏との戦いに備えて富と食糧を貯えなければならない。しかも建国を担った劉備、関羽、張飛はすでにこの世にない。帝位には劉備の子である劉禅が就いたが、まだ政治を任せることのできる年齢ではない。この八方ふさがりのなか、諸葛亮は丞相《じょうしょう》としてあらゆる職務を引き受け、「政治は大小を問わず、すべて諸葛亮が決定」（『正史』「蜀書・諸葛亮伝」）するほどの獅子奮迅ぶりをみせる。それはまるで、敗戦のすべての責任をたった一人で背負っているかのようでもあった。

二二五年、それまで手をつけずにいた益州南部を、自ら軍を指揮して攻略する。およそ半年で、現在のベトナムやラオス国境あたりにまで及ぶ広い地域を平定。肥沃な大地からの収穫により蜀の経済はようやく上向き、南部出身の兵を配下に加えて兵力も大きく増強された。諸葛亮には優れた軍略家というイメージが強いが、戦場において連戦連勝の華々しい成果をあげることができたのは、実際にはこの南征のときだけである。

この時期に育ってきた武将に馬謖《ばしょく》、馬忠《ばちゅう》らがいる。これに趙雲、王平《おうへい》、魏延《ぎえん》らのベテランと中堅が加わり兵を鍛え上げ、再び北進（北伐）の指令を待った。

そして二二七年、諸葛亮は皇帝劉禅に次のような文言で始まる一文を上奏する。

「先帝（劉備のこと）は、始められた事業がまだ半分にも達しないのに、中道にておかくれになりました。今、天下は三つに分裂し、益州は疲弊しきっております。これはまことに緊急の、生きるか死ぬかの瀬戸際です」

後に「出師《すいし》の表《ひょう》」と呼ばれるこの声明文が合図になり、新生の蜀軍は成都を出陣。軍師・司馬懿を擁した魏の大軍との、泥沼のような戦いに突入するのだ。

なぜ馬謖は死ななければならなかったのか

魏はその頃すでに二代目の曹丕が死去し、三代目の曹叡《そうえい》(明帝《めいてい》)の治世となっていた。軍師の司馬懿は考える。国の南側に常に呉の脅威をかかえ、さらにまた諸葛亮が長安から西域をとろうとして進軍してくる。魏はいまの領土を保ちつづければ、呉に対しても蜀に対しても優位に立てる。しかし、もし諸葛亮に敗北すれば、その兵力のバランスは大きく崩れ、二か国に挟まれて潰されてしまうかもしれない。(注)勝たなくてもいい。圧倒的な兵力をもって諸葛亮を蜀に封じ込めれば、向こうが勝手に疲弊し、衰退してくれる。

益州北部の漢中《かんちゅう》と、長安《ちょうあん》のある雍《よう》州との間には、標高二千メートルを超える険しい山々が連なる秦嶺《しんれい》山脈が横たわっている。山越えのルートとしては、比較的平坦ではあるが大きく山脈を迂回する道が一つと、「蜀の桟道《さんどう》」と呼ばれる崖をけずって杭を打ち、そこに板などを渡して作った細い道筋が数本あるだけであった。

大軍を擁する魏は、当然のように主力を迂回路から進めてくる。蜀としては、これを一か所で釘付けにしておいて、桟道にも軍を進め、魏軍の中腹や背後を突く。機に乗ずることができれば、長安を陥れることもできるかもしれない。

「街亭《がいてい》の戦い」と呼ばれるこの最初の北進の作戦を、ぼくはこのように見ている。『正史』(「蜀書・諸葛亮伝」)には、迂回路の途中にある街亭が決戦の場所だったような記載があり、『演義』ではそれが大きくクローズアップされてもいる。すなわち、蜀の有望視された若手将校、馬謖による軍令違反が敗戦の原因だったとするくだりである。

【北伐の軌跡】

①第一次(227年)
漢中→祁山→街亭　祁山で魏軍を撃破するも馬謖の軍令違反などがあり撤退
②第二次(228年)
漢中→陳倉　陳倉城を攻撃、攻めきれず撤退
③第三次(229年)
漢中→武都・陰平　併合に成功
④第四次(231年)
漢中→祁山→上邽　祁山を包囲。兵糧不足で撤退
⑤第五次(234年)
漢中→五丈原　持久戦の末に、孔明陣没

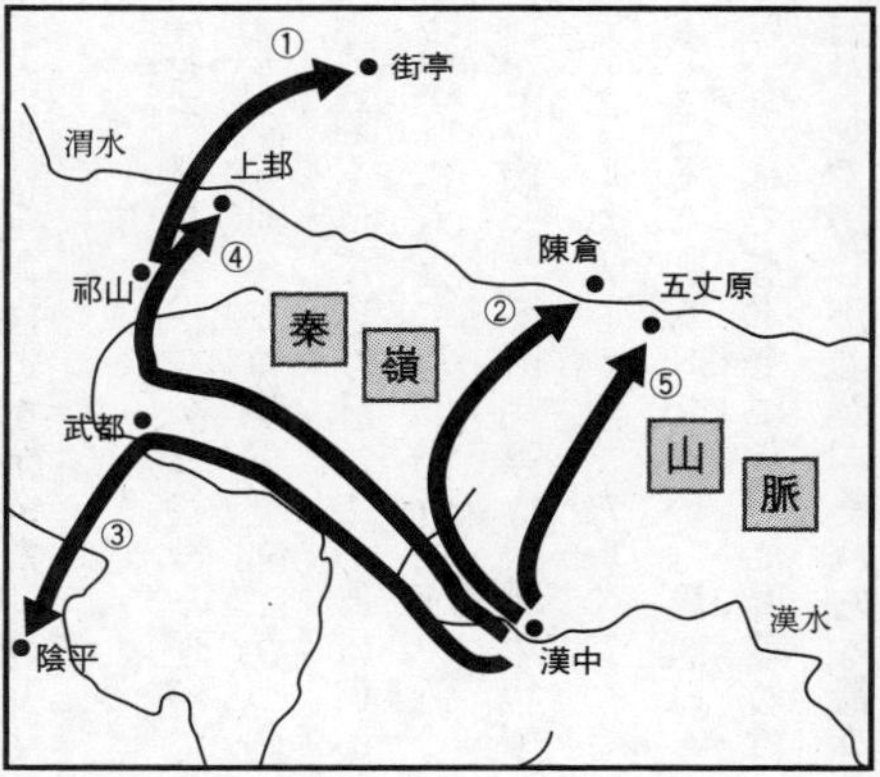

馬謖は街亭の地形を見て、山上に陣取れば優位に立てると直感的に見抜く。同行した武将・王平は、馬謖の提言を頑なに押しとどめようとしたが、馬謖は独断で山上に自分の配下を進め、陣を敷く。やがて魏軍が到来し山上の陣を認めると、進軍を止めて山を包囲し、水脈を断ち、馬謖を枯渇させる。魏の作戦に押し出されるように山を駆け下りた馬謖は散々に蹴散らされ、局地戦で敗れた蜀は全軍撤退を余儀なくされてしまうのである。

『正史』『演義』でこれを読んだとき、ぼくにはなぜそうなるのかがさっぱり理解できなかった。高所に陣を敷くというのは、当時の軍学にも則《のっと》っており、優位に立つために決して悪い選択ではない。必要ならば水と食糧を前もって運び込んでおけばいいのだ。それをすることもなく、あえて大軍に対して優位にも立てない場所に陣を敷くことを命じた諸葛亮の狙いは何だったのか。それはどう考えても、街亭を決戦の場所ではなく、ただ釘付けにするための場所として想定していたとしか思えないのだ。

もちろん真実は、歴史の狭間に埋もれてしまい、たどることも叶わない。馬謖は、軍令に背いた罪で断罪される。諸葛亮は泣きながら、それでも軍令に背いた馬謖の首を斬らなければならなかった。馬謖は本当に不始末をしでかしたのか、それとも最高指揮官の戦術に大きな落とし穴があったのか。ぼくにはその諸葛亮の涙が、自分自身の不本意さを責めるものにしか見えなかった。

この後七年の間に四度、諸葛亮は北進を試みる。魏の司馬懿などが期待したように蜀は守りに入ることなく、何度も何度も魏領に攻め入った。そして、いつも何かが足りずに勝ちを得るところまでいかなかった。敗北を重ねても諦めずに立ち上がろうとする諸葛亮。これは劉備の遺志を継ごうとする執念なのか、それともかつて思い描いた「天下三分」の夢をあくまでも自分の代で実現させたいという強い意志のあらわれだったのか。

いずれにせよ、私は諸葛亮を、三国時代の主人公たりうる最後のカリスマだったと思っている。

蜀関連人物

【家系】

劉備
｜
劉禅

武官

関羽　姜維
張飛　黄忠
趙雲　魏延
馬超　王平

文官

諸葛亮
龐統
蔣琬
費禕

【劉備《りゅうび》の家系】

劉備　一六一～二二三年　幽州涿郡涿県楼桑村《ゆうしゅうたくぐんたくけんろうそうそん》出身。蜀漢《しょくかん》の初代皇帝。字《あざな》は玄徳《げんとく》。中山靖王《ちゅうざんせいおう》劉勝《りゅうしょう》の末裔《まつえい》。関羽、張飛らの勇将と諸葛亮を軍師に得て、蜀を建国。

劉禅《りゅうぜん》　二〇七～二七一年　幼名を阿斗《あと》。蜀漢の第二皇帝。諸葛亮の死後、魏の大軍に降伏、蜀漢を終焉させる。

【武官】

関羽《かんう》　？～二一九年　字は雲長《うんちょう》。蜀の前将軍《ぜんしょうぐん》。張飛とともに劉備と義兄弟の契《ちぎ》りを結ぶ。青竜《せいりゅう》偃月刀《えんげつとう》を愛用、豪傑として名を轟かせる。

張飛《ちょうひ》　？～二二一年　字は翼徳《よくとく》。蜀の右将軍《うしょうぐん》。義兄弟の末弟。荒くれ者だが情にもろい豪傑。

趙雲《ちょううん》　？～二二九年　字は子竜《しりゅう》。蜀の鎮東将軍《ちんとうしょうぐん》順平侯《じゅんぺいこう》。随一の槍の遣い手。

馬超《ばちょう》　一七六～二二二年　字は孟起《もうき》。蜀の驃騎《ひょうき》将軍《しょうぐん》。錦馬超《きんばちょう》と謳われ、関中十部軍《かんちゅうじゅうぶぐん》を率いた。

黄忠《こうちゅう》　一四八～二二二年　蜀の五虎将《ごこしょう》の一人。老武将ながら弓の達人として名を馳《は》せた。

魏延《ぎえん》　？～二三四年　「反骨の相」を諸葛亮に疎まれるが、五虎将亡き後の蜀を引っ張った。

姜維《きょうい》　二〇六～二六四年　趙雲に迫る槍の腕前の持ち主。諸葛亮死後も北伐を繰り返した。

王平《おうへい》　？～二四八年　無学の人だったが、劉備の信任は篤かった忠義の士。

【文官】

諸葛亮《しょかつりょう》　一八一～二三四年　徐州瑯邪郡陽都県《じょしゅうろうやぐんようとけん》出身。字は孔明《こうめい》。蜀の丞相《じょうしょう》。劉備に乞われ、蜀の軍師となる。劉備亡き後の蜀を率いた。

龐統《ほうとう》　一七八～二一三年　「鳳雛《ほうすう》」と呼ばれた俊英。諸葛亮の推挙で軍師となる。

糜竺《びじく》　？～二二一年　妹の燐《りん》を、劉備に輿入《こしい》れする。弟の裏切りで憤怒のあまり世を去る。

蔣琬《しょうえん》　？～二四六年　孔明の死後、蜀の丞相となる。孔明の路線を守って継承した。

費禕《ひい》　？～二五三年　孔明が信頼して内政をゆだねた能吏。蔣琬を継いで丞相に就任。

7章　三国時代の文化——英雄に不可欠な資質とは

曹操《そうそう》は、無聊《ぶりょう》を愉《たの》しんでいた。

二十歳のころから、忙しく働き続けてきた。峻厳《しゅんげん》な軍人という仮面も、無理をして被《かぶ》り続けていた。それが、身の丈を遥《はる》かに越える書物を読む時があった。詩も作った。なによりも、『孫子《そんし》』の兵法書を精読し、それに自分の考えを加えて、一巻の書物になるほどのものまで書きあげることができたのだ。

そろそろ、泥水の中に戻ってみるか。

曹操は、そう考えていた。


（北方謙三『三国志』一の巻）

曹操は武将としてだけではなく、政治的手腕や文人としても優れていた人であった。新興宗教に傾倒した民衆の心を引き寄せ、悪政の元凶であった官僚らを排除し、有能な人材を登用した。詩を吟じては曲にのせて詠い、また自ら孫子に注釈を加え、『魏《ぎ》武帝註孫子《ぶていちゅうそんし》』を著すなど、文化の面でも貢献した。三国時代の覇者には、武勇だけではなくて、国を一つ作り上げるのにふさわしい資質が求められる時代であった。その時代にあって曹操だけが突出して覇者にふさわしい資質を兼ね備えていた。本章は曹操の多彩な人間性と生涯を振り返りながら、三国時代の文化について考えてみたい。

孫子の兵法の編纂

これはよく知られていることではあるが、曹操は激しい戦《いくさ》のかたわらで軍学、つまり「孫子《そんし》の兵法」といわれるものを研究し、編纂していたという。『正史』にも「自身で十万余字にのぼる兵法の書物を書き、諸将の征伐の場合、すべてこの新しい書物によって事を行なった」(「魏書・武帝紀・裴松之注《はいしょうしちゅう》」)という一文がある。ちなみに「孫子」とは、中国の春秋《しゅんじゅう》時代(紀元前七七〇—前四〇三年)に孫武《そんぶ》が著した一巻十三編の書物で、中国最古の兵法書といわれるもの。そこに書かれているのは、かんたんに言えば、攻めの理論、守りの理論、伏兵の理論といった具体的な戦いの方法だ。当時は文字を書き残すものとして竹簡《ちくかん》が使われており、曹操はひまを見つけては、この竹の本を貪《むさぼ》るように読んでいた。その研究と編纂の努力がなければ、はるか千年以上あとの日本の戦国時代の武将たちが「孫子」を語ることなどできなかったかもしれない。

では、曹操以外の武将たちはどうだったのか。もちろん「孫子」を知らないはずはない。体系的に理解していたかどうかは別にして、少なくともそこに書かれたものを知識としては持っていたと思う。同時に、これは曹操も同じだが、書物から得た知識は、実戦になれば何の役にも立たないとも感じていたことだろう。書物に書かれた情報、人から教わった情報は、それを覚えただけではあくまでも一般論にしかならない。こうすれば勝てる、こうなれば負ける、ここに陣をとればいい……結局のところ、戦術や軍学がどこから出てきたかといえば、実戦の戦闘から生まれてくるしかない。曹操自身、軍を動かし兵を用いる方法はおおよそ孫子・呉子《ごし》の兵法に従ったが、「情況に応じて奇策を設け、敵をあざむいて勝利をわがものに」したと記録されている（『正史』同）。合戦の多かったこの時代、軍学そのものはむしろ多様化し、大幅に磨かれていったに違いない。

三国志の時代に限らず古今の武将は皆、武田信玄であれ徳川家康であれ自分なりの戦術を身につけていた。それを身につけた上で「孫子」を研究する。軍学を研究しているという姿が、敵にも味方にも一つの情報として伝わり、何をやり出すかわからない指揮官というイメージを与えていたのではないか。曹操はまさに、そのイメージがある。

強さは厳しい調練から生まれる

「鶴翼《かくよく》」「魚鱗《ぎよりん》」などの名称がついた陣構えの方法も、軍学の一部である。もともと『正史』や『演義』には記述がほとんどないのだが、ぼくは合戦の描写の中によく書き込んだ。

ちなみに鶴翼の陣とは、中央に本陣を置き、その左右に大きく鶴が翼を広げるように兵を広げるというかたち。敵が無謀にも正面を衝《つ》いてきたら、広げた翼で包み込んで殲滅《せんめつ》する。両翼の部分だけを攻められると弱いという欠点もある。正面から見れば横に大きく広がるかたちなので、寡勢を多勢に見せたいときに有効な陣形でもある。魚鱗の陣は、小編成の部隊を魚のウロコのように連ねて並べたような陣形で、魚鱗のまま前に進むこともでき守ることもできる、攻守ともに備わった陣である。鶴翼や魚鱗という考え方は、当時もあったものだとは思うが、それをどのように用いたのかという具体的な資料はない。むしろ後年、たとえば日本の戦国時代などにも使われており、そちらでの馴染みが深い。

『演義』には、むしろ「八門金鎖の陣《はちもんきんさ》」や諸葛亮の「八陣図《はちじんず》」のような、虚構の陣形が目立つ。

「八門金鎖の陣」とは、荆州《けい》の劉表《りゅうひょう》のもとにいた頃の劉備を攻めるために魏の曹仁《そうじん》が用いたもので、陣形の中に休・生・傷・杜・景・死・驚・開の八門があり、生・景・開の三門から攻め入れば吉と出るが、傷・驚・休の三門から攻めれば傷つき、杜・死の二門から攻めれば滅亡するという陣形（第三十六回）だ。^(注)

諸葛亮の「八陣図」は、夷陵《いりょう》の戦いで劉備が陸遜《りくそん》率いる呉軍に大敗し、白帝城《はくてい》を目指して敗走する場面で描かれる。ただし人間が組む陣ではなく、河原に九十個あまりの石を乱雑そうに置いただけのものだ。これにも休・生・傷・杜・景・死・驚・開の八門があり、うっかり石積みの中に迷い込むと死ぬことになる。劉備を追撃してきた陸遜は、あやうくこの陣の魔力で命を失いそうになり、そのときに石積みによる陣の作り手が諸葛亮だと知る（第八十四回）。

ぼくの小説には「八門金鎖の陣」は出てくるが、さすがに「八陣図」は書かなかった。もっとも小説の読者には「鶴翼の陣」も「魚鱗の陣」も大差ないのかもしれない。少なくともそれは、軍の強さや戦《いくさ》の巧さをあらわすものではありえない。

ぼくは、それを補う意味もあって、戦場を離れた場面にしばしば調練（訓練）の様子を書き込んだ。孫堅《そんけん》の戦地における調練の凄まじさ、張飛の死者を出すほどの調練の苛烈さ、周瑜による水軍の訓練の見事さ……、こうした情景を細やかに描くことで、素早さ、身軽さ、重厚さといったそれぞれの軍団の特徴、勝利への思いの強さなどが浮き彫りにできる。

ここでは、昔ラグビーやアメリカン・フットボールを見ていたことが役に立ったかもしれない。ラグビーやアメフトには戦略的なフォーメーションがあり、選手は目を閉じていてもそのフォーメーションが実践できるようになるまで訓練を繰り返す。紙に書かれた戦術が選手一人ひとり、さらにはチームという運動体そのものに乗り移り、使うべきタイミングで実行されたときに大きな威力を発揮する。一方、その対極にあったのが、かつての学生運動だった。そもそも「勝つ」ことを目的とした運動ではなかったことも原因なのだろう、何も練習しないし何のフォーメーションもなかった。

もう少し工夫をすれば……いや、この話はもうよそう。

騎馬隊の列が一つの合図ですっと入れ替わったり、全速で駆けながら一瞬で方向を変えたというような戦場の描写が、それ以前の調練の激しさを描くことで、より迫力を増して伝えられたのではないかと思っている。

見えない戦争

最初は数千対数千、数万対数万の戦いだったものが、「官渡《かんと》の戦い」あたりから合戦の規模は飛躍的に大きくなる。諸葛亮の北進（北伐）の時代になると、魏の五十万に対して蜀の十万という規模だ。これが何か月も屋外に布陣し、対峙するのだ。それだけの兵士に食べさせる食事の量を想像したことがあるだろうか。

この時代の中国では、物資を運ぶのに輜重《しちょう》という台車を使っていた。牛に車を牽《ひ》かせるという習慣がまだなかった時代なので、台車を動かすのはもっぱら人力だ（南の呉では輸送に船を使っていただろう）。合戦ともなると、何百台、何千台という輜重が、国許《くにもと》と戦地との間を往復し、兵站《へいたん》そのものが作戦の大きな鍵となってくる。どのように運ぶのが効率的か、どのルートが安全か、どうやって人員を確保するのか……輸送形態が複雑になれば、それ専門の人物も育つ。

集めた物資をどこに置くのか、どのように隠すのか……このあたりは指揮官の才能の範疇《はんちゅう》になるだろう。官渡の戦いにおいて、袁紹《えんしょう》軍三十万の兵站基地であった烏巣《うそう》の在りかを探り、そこを急襲して形勢を大逆転させた曹操は、兵站の重要さを誰よりも早く意識していた人物だ。兵力で圧倒すれば戦《いくさ》に勝てると考えた袁紹など旧時代の将軍に過ぎないことを、この一戦で天下に示してしまった。

兵糧をどのように捻出するか、これは幕僚の役割だ。魏の荀彧《じゅんいく》、呂布《りょふ》の文官であった陳宮《ちんきゅう》などもこの仕事で才能を見せる。諸葛亮は、北進（北伐）の際に長期戦になると見て、前線基地の周囲を開墾し、農作物を育てたという。

兵糧や水、兵站について、それこそがこの時代の戦《いくさ》を現代にリアルに甦《よみがえ》らせるものだと思い、ぼくはしつこいほどに何度も小説の中に書き込んだ。人間は食事をしなければ戦うことなどできないのだ。

さらにいえば、数十万の兵士のためのトイレとはどのようであったのか、戦場の地図を見ながら本気で考え込んだこともある。背水の陣とは、不退転の意思を示すものではなく、たんに川を下水として使いたかっただけなのではないかと邪推することもあった。ただし、これらについては小説には書いていないが……。

曹操だけが宗教と向き合った

漢末は戦乱の時代でもあったが、別の見方をすれば宗教の時代でもあった。体制が中から崩れ、カネと不正と力だけが支配する世の中となり、農民たちの多くが故郷を追われ、あてもなく生きることを余儀なくされていた。そうした未来の展望もない弱者たちの大きな拠りどころになったのが、前にも述べた「太平道（＝黄巾《こうきん》）」や「五《ご》斗《と》米道《べいどう》」などの新興宗教だ。

「太平道」は張角《ちょうかく》が大賢良師《だいけんりょうし》と自称し「黄天」の神の使者として世に出たことに始まる。当初は、病人を治療したり、病気の原因は自身が犯した過去の悪行に原因があると諭し、懺悔をさせたり霊水を飲ませたりしていた。やがて災害や飢饉が全土に広がり社会情勢が不安になると、救済を願う人々が激増し、華北から揚子江流域にかけての広い地域で数十万の信徒を集める教団組織となった。この教団の名称が「太平道」

で、組織の中には軍隊もあった。やがて一八四年、「蒼天《そうてん》すでに死す、黄天まさに立つべし」というスローガンを掲げて反乱の軍を起こし、漢末の乱世の時代の口火を切っている。

いま一つの「五斗米道」も、やはり農民たちに懺悔告白を促し、悔い改めを実践させることで未来への不安を和らげるという、ある意味では「太平道」にたいへんよく似た性格をもつ宗教だ。教祖は張魯《ちょうろ》という人物で、入信の際に信徒に五斗の米を出させたから、こう呼ばれたという。ほぼ同時期に別々の場所で興った二つの教団のいちばんの違いは、「太平道」が広範囲に広がっていったのに対して、「五斗米道」は険しい山々に囲まれた漢中《かんちゅう》に拠点を置き、混乱の続く中原《ちゅうげん》とは一線を画した環境の中に独立の宗教王国をつくろうとした点だ。この宗教王国は三十年近く続いたが、二一五年に曹操によって滅ぼされる。

新興宗教や民衆の不安と誰もが無縁ではいられなかったこの時代の中で、人々と正面から向き合うことができた人物というのは、実は決して多くはない。劉備、孫堅、孫策《そんさく》、孫権《そんけん》、諸葛亮には、こうした集団と真剣に対決した記録がない。これもまた曹操だけだ。

一九二年、青州黄巾軍《せいしゅうこうきんぐん》という百万を超える大勢力と向き合い、反乱を降伏させた曹操は、そのときに恐らく宗教の本質的な部分を腹の底まで吸収せざるをえなかったのだと、ぼくは思う。信仰のために命を賭けて戦う男たちがいる、その男たちを命を賭けて支援する女性、老人、子供がいる。国家があって人があると考えていた曹操は、国家よりも大切なものがあると考える人々がいることを自分は認めなければならないと悟った。人々が必要とするものは何なのか。食べることである、生活することである、生きることを楽しむことである。さらに、しみじみと生きていてよかったと思わせるものが必要だとすれば、その中の一つに宗教があるのではないかと。

基本的には宗教を認めない曹操が、「浮屠《ふと》」だけは早くから認めていた。浮屠とは「ブッダ」を漢音により当て字したもの、つまり仏教のことだ。町に寺院を建てることを許し、そこに集うことを許した。太平道や五斗米道とは違い、浮屠には軍事力がなく、宗教国家を作るという構想も持たず、平和的に信徒を増やそうとしていたから認めたのかもしれない。この時代に寺院という基盤が作られたおかげで、仏教はその後も中国社会に根を下ろしつづけ、やがて朝鮮を通じて日本に伝えられる。もし曹操が浮屠を認めず、宗教そのものを絶対的に否定していたとしたら、結果的に仏教が日本に伝わることもなかったのだ。

なお太平道と五斗米道は、曹操によって教団は解散させられ布教活動は禁じられたが、信仰そのものは許され、やがて二つは一つに合わさり華北に広がって、いわゆる「道教」となる。

医術の天才というキャラクター

また曹操時代の魏には、音楽、人相見、夢占い、易《えき》などの分野に、さまざまな才人が集まっていた。その中でも特筆すべきは華佗《かた》という人物だ。

医学の才に優れ、この時代に早くも麻沸散《まふっさん》という麻酔薬を考案し、切開手術を行なっている。

『正史』(「魏書・華佗伝」)には、麻沸散を飲んだ患者は酒に酔って死んだようになり、何の感覚もなくなってしまう。病気が腸の中にあると見れば、腸を切り取ってきれいに洗い、縫い合わせて膏薬を塗ってマッサージをすれば四、五日で痛みは去り、一か月で回復したという記録もある。

麻酔による手術は、これ以前にインカなどで行なわれていたといわれてはいるが、文字として残されたものがないので実際のところはわからない。いずれにせよ華佗伝が真実ならば、当時の最先端を行く技術だっただろう。華佗はほかにも薬学、鍼《はり》治療に通じ、奇跡のようなエピソードの数々がある。やがて評判を聞いた曹操に召し抱えられ、側《そば》に常時侍《はべ》るようになり、頭痛持ちの曹操に鍼を打っていた。

ただし、この時代の医者というのは、それほど大切にされていたわけではない。当時の祈禱師や人相見と同じような立場だった。もともと上位の身分の家に生まれた華佗は、自分が医者として見られることに不満を感じていたようで、言動や行為にどこか変人めいたところもあった。結局、病気の曹操からの要請に嘘をついて出向かなかったことが露見し、獄につながれたまま死ぬ。弟子はいたが、たとえば麻沸散のような華佗の業績を受け継いだというわけでもない。たった一人で研究し、それをそのまま墓に持ち込んだ、まことに不思議な人物だ。

ぼくはこの人物の最期を、「それほど頭痛がひどいのならば、一度頭の中を開いて見せてほしい」と言い出し、それに曹操が腹を立てて殺してしまうという具合に書いた。曹操が自分の身体を安心して任せることができるのは許褚《きょちょ》だけである。

子どもが病気になったとき、曹操は華佗を生かしておけばよかったと悔やんでいる。それを知って、爰京《えんきょう》というオリジナル・キャラクターを華佗の弟子として登場させてみた。爰京は曹操の最期を看取ったのち、医術を究めるために魏を離れ、諸国を放浪する。その先々で、劉備、馬超《ばちょう》、諸葛亮などに出会い、治療行為を通して英傑たちの身体の中から聞こえる声なき声を感じながら、戦乱の世の厳しさを客観的に見ることができた時代の証人とした。

君主に欠かせない詩の才能

最後もまた曹操の話になってしまいそうだ。

漢朝の重職にある者ならば、それが文官であろうと武官であろうと、詩が作れるのは当たり前だった。まして帝王の座に就くものは、詩作の才能は絶対条件だといってもいい。ところが、三国時代の君主たちを見渡して、詩が作れる人間は曹操と曹丕ぐらいしかいない（注）（曹丕の弟の曹植《そうしょく》も詩人として名高い）。『演義』には劉備や諸葛亮が詩を詠む場面が何度も繰り返されるが、あれは後々の芝居の舞台でのできごと。蜀の二人、さらには呉の孫堅、孫策、孫権が詩を作ったというのは聞いたことがない。ただし、これが本当に重要な要件だったかといえば、そうともいえないだろう。漢朝宮廷文化の中にはその伝統があったが、その外の世界にはなかった。自分のことで精一杯だったということなのかもしれない。

もし、呉や蜀が天下をとっていたとしたら、その後の漢字文化はいったいどのように変質していたのだろう。「漢詩」という素晴らしい文化は、いまも残っていただろうか。

ぼくは、小説の中で一つだけ曹操自身に自作の詩を詠ませた（2章参照）。ほかにも好きな詩があるので、ここで紹介しておきたい。音読すると、じつによく心に響く。

酒に対《たい》さば将《まさ》に歌うべし
人生は幾何《いくばく》ぞ
譬《たと》えば朝露の如《ごと》し
去りし日苦《はなは》だ多し
慨《がい》して当《まさ》に以《も》って慷《こう》ずべし

憂思《ゆうし》は忘れ難《がた》し
何を以《も》って憂《うれ》いを解かん
唯杜《ただと》康有《こうあ》るのみ

酒を飲んでは大いに歌え、人の寿命など朝露ほどにはかない。過ぎ去った日ばかり多く、それを思うと空《むな》しくなるだけ。この憂いを取り去ってくれるのは酒しかない——という意の作品である（「短歌行」冒頭）。

8章　その後の三国志――四つのキーワード

空気が張りつめた。誰《だれ》も、身動《みじろ》ぎひとつしなかった。

孔明《こうめい》が、立ちあがり、劉禅《りゅうぜん》に拝礼した。それから、紙に認《したた》めたものを読みはじめた。檄文《げきぶん》だろう、と馬謖《ばしょく》は思った。孔明の声。低く、澄んでいて、どこかかなしみを孕《はら》んだ響きがあった。

檄文ではなかった。切々《せつせつ》として、しかし気力に満ち、時に慈愛さえ感じられた。孔明は、劉禅に語りかけているのだった。劉禅がうつむいた。再びあげた顔が、涙で濡《ぬ》れていた。

（北方謙三『三国志』十二の巻）

二三四年春、雍《よう》州の五丈原《ごじょうげん》の広大な台地に諸葛亮《しょかつりょう》は陣を敷いていた。さらに別働隊として渭水《いすい》のほとりに三万の部隊を散開し、屯田《とんでん》をさせていた。いま種を蒔《ま》けば、夏の終わりから秋にかけての収穫が見込める。敵将・魏の司馬懿《しばい》の狙いは戦って勝つことではなく、戦《いくさ》を長期化して蜀《しょく》軍の兵糧を枯渇させ、撤退するのを待つこと。屯田は、それに対する諸葛亮の対抗策だった。

栈道／撮影著者

蜀軍の要《かなめ》となるのは、亡き趙雲《ちょううん》の軍を引き継いだ姜維《きょうい》。わずかな隙を見つけては魏軍を粉砕し、そのまま真っ直ぐに長安《ちょうあん》へ攻めあがる覚悟でいる。だがその隙がない。両軍はにらみ合ったまま膠着《こうちゃく》し、持久戦になった。

諸葛亮の使者が魏軍の陣を訪ねた際、司馬懿は使者に軍事向きのことは一切尋ねず、もっぱら諸葛亮の戦陣での日常について質問した。使者は「諸葛公は朝まだきに起き夜おそくなってから横になられます。鞭打ち二十以上の罰は、すべて自分で取り扱われます」と答えたという（『正史三国志』「蜀書・諸葛亮伝・裴松之《はいしょうし》注」）。このようなやりとりが実際にあったのかどうかはわからないが、諸葛亮の肩にかかる負担がひどく大きかったことは間違いない。

両軍が対峙したまま百日あまり過ぎた八月、連日の激務が知らず知らずのうちに肉体を蝕《むしば》んでいたのか、ついに諸葛亮孔明は陣中で不帰の人となる。享年五十四。

その後の「三国志」

ぼくの『三国志』は、諸葛亮の死をもって終わっている。だが、実際の三国志は、この後にまだ膨大な物語を残している。次の世代の中心になるのは、五丈原で孔明と対峙した司馬懿とその一族であろう。

司馬懿は、字《あざな》を仲達《ちゅうたつ》といい、年齢は諸葛亮よりも二歳上である。殷王《いん》司《し》馬卬《ばぎょう》に連なる名門の生まれで、兄弟はともに秀才。曹操から最初の召し出しがあったとき病気を口実に出仕せず、二度目の召し出しでようやく仕官したという。肩を動かさずに首だけをクルリと回して後ろを振り向く様から「狼顧《ろうこ》の相」ともいわれたようだ。曹操の死後、曹丕《そうひ》（文帝《ぶんてい》）の治世に魏の政務を担当。二二六年、文帝崩御の後は曹叡《そうえい》（明《めい》帝《てい》）を補佐。やがて蜀の諸葛亮の侵攻を防ぐために長安に陣し、幾度もの持久戦で危機を乗り切り軍事権を握る実力者として魏国内で絶大な力を得る。そして二三九年の明帝崩御後は、即位した幼い曹芳《そうほう》を補佐しながら実力を貯え、二四九年、七十歳にしてクーデターを起こして丞相《じょうしょう》となり、魏国の実権を握った。

このクーデターに関与した長子・司馬師《しばし》は短命だったが、次子・司馬昭《しばしょう》が蜀の征伐を成し遂げる。そして孫の司馬炎《しばえん》が最後の魏帝となった曹奐《そうかん》に禅譲《ぜんじょう》を迫り、二六五年、晋《しん》国を建ててその初代皇帝となった。その十四年後には呉《ご》を滅ぼし、晋は三国統一を果たしている。

では諸葛亮没後の蜀、さらに孫権の呉はどうだったのか。魏と晋の攻撃によって脆くも滅びてしまったのか。実は、そうでもない。

諸葛亮没後の蜀を支えたのは、亮の信任も篤かった蔣琬《しょうえん》という人物だ。十二年に及ぶ執政の期間ほとんど軍事的な行動を起こさず、魏への度重なる侵攻によって疲弊した国力の回復に努めた。その甲斐もあって晩年の二四四年、魏が十万の大軍で漢中に攻め入ったときには、費禕《ひい》という人物を司令官に任命しこれを見事に押し返している。蔣琬没後は費禕が執政を担当し、二五三年に暗殺されるまでは比較的穏やかな時間が流れていたといえよう。しかし費禕の死後、「街亭《がいてい》の戦い」から蜀軍に入った姜維が実権を握ると、再び魏への軍事行動を活発化させ、これが蜀の国内の不和を引き起こす。蜀の中には、諸葛亮もいない以上「天下三分」で十分だと考える人々がすでに少なくなかった。姜維は国内で浮き上がった存在となり、その隙をついて魏軍が侵入。姜維の孤軍奮戦空しく、二六三年、劉禅《りゅうぜん》は成都《せいと》を明け渡し魏に降った。劉備《りゅうび》が建てた「蜀漢」は、このようにして四十二年で滅びた。

蜀の劉禅は「後主《こうしゅ》」と呼ばれる。戦勝国に囚《とら》われの身になった王がこのように呼ばれ、劉禅は魏、晋の国で安泰に暮らしたという。ちなみに、抵抗して殺された王は

「後主」とはいわない。

一方、呉の孫権《そんけん》は二五二年に七十一歳の生涯を閉じるまで、半世紀以上も江南《こうなん》に君臨した。父・孫堅《そんけん》、兄・孫策《そんさく》がともに若くして死んだことを考えると、実に不思議な気がする。だがその長寿が、皮肉な言い方をすれば呉の災難を招いてしまう。二子・孫和《そんわ》と三子・孫覇《そんは》との後継争いに、孫権自身はもとより、国中が巻き込まれてしまったのだ。「夷陵《いりょう》の戦い」で劉備を破った名将・陸遜《りくそん》も、この血みどろの後継争いに巻き込まれて憤死。事態を収めることができないまま、孫権は他界する。後を継いだのは幼い孫亮《そんりょう》。後見として諸葛恪《しょかつかく》（諸葛瑾《きん》の長子）がつき、魏軍を敗走させる手腕を見せるが、孫権の一族に暗殺され、国内は再び分裂。とどめは二六四年に君主となった孫《そん》晧《こう》の悪政だった。才識を買われて王位に就いた孫晧だったが、王になるや性格を豹変させ、反対勢力を粛清し、酒色に溺れ、たちまち人心を失った。一方で十年余にわたり晋と激しく戦ってきたが、二七九年、晋が二十万の軍勢で本気で攻め寄せるとこれをはね返す力はなく、翌年、孫晧は晋に降った。孫権が呉国を建てて五十二年目のことである。

さて、呉の滅亡によって膨大な「三国志」の歴史にようやくピリオドが打たれる。

『三国志演義』でいえば、諸葛亮の死が第百四回、孫晧が晋に降るのは第百二十回（最終回）。百四回以降だけでもかなりの分量があり、歴史的な読み物としてもおもしろい。

しかし、ぼくはこの部分を小説にすることは、まったく考えなかった。

夢に生きる群像

ぼくがこの物語を題材にして描きたかった小説は、これまでにも何度か述べたように「夢を抱いた人々の姿」であり「夢を追い求める人々の姿」である。その夢は大きくても大きくなくても構わない。

中には曹操や孫策のように「天下をとる」という夢を持つ男もいた。劉備のように「漢王朝の復興」を夢見た男もいる。関羽《かんう》や張飛《ちょうひ》、さらには陳宮《ちんきゅう》のように「兄貴を天下人にする」「呂布《りょふ》様を天下一の武将にする」という、自分が見込んだ男をとことん補佐することに生き甲斐を見つけた男もいる。「戦って勝ちつづける」のが夢だった呂布もいる。「先立った孫策との夢を叶えたい」と戦った周瑜《しゅうゆ》もいれば、「天下三分を実現したい」と戦いつづけた諸葛亮もいる。そして『正史』『演義』には名は出てこないものの、ここに名を挙げたような時代のカリスマたちを、自分ができる仕事や役割を通して支えた無名の人々もいる。ほかにも、時代を超越して、何かを見出しそれを追求する人物もいたはずだ（ぼくは小説の中に、名馬を育てたり、人体の不思議を理解し病理を探ることが夢であるという人物を登場させた）。

そうした大小無数のさまざまな夢や志《こころざし》が、乱世の中で有機的に結びつき、最初は微々たる動きだったものが手探りで生きていくうちに次第に共鳴しあい増幅し、何か大きな動きになっていく――そのような物語を描きたいと思ったのだ。

もちろん、その夢が叶うことなどなかなかあり得はしない。むしろ叶わないことのほうが多い。だが一方で、夢が純粋で美しいものならば、そこにたどり着くまでにどれだけ辛い思いをしようと、夢半ばにして倒れようと、それは幸福な「生」だったではないかと、ぼくは思うのだ。

そのようにして夢をもち、自分自身を生きることができた最後の「三国志」のカリスマが、ぼくには諸葛亮孔明であると思っている。

魏の司馬懿も英傑には違いないが、はたしてそうした意味での「夢」というものを持てていたのか。蜀の姜維は猛将には違いないが、その戦いの果てに目標となる世界の像が浮かんでいたのかどうか。諸葛亮死後の「三国志」には、国内を固めるとか、権力争いを生き抜くというような、どこか内向きで、自分自身に無理を強いて生きているような人物像が目立つ。「国家」の存在が重くなるのに反比例して、人々の「夢」が次第に小さなものになり、その純粋性が失われてくる。歴史的読み物としてはおもしろいが、ぼくの小説にはそれが合わない。大きな夢の象徴だった諸葛亮の死で、ぼくの『三国志』は終わらざるを得なかったのだ。

死んだはずの馬超が生きて求めること

この本にも再三名前を出してきたが、ぼくの『三国志』の最後を看取るのは馬超《ばちょう》である。劉備麾下の蜀の猛将の名がここに出てくることに不思議を感じる方もいるかもしれない。『正史』（「蜀書・馬超伝」）によれば、二二一年、蜀入りしたばかりの劉備から、当然のことにまだ制圧もしていない涼州《りょう》の牧（長官）に任じられ北方の鎮撫を依頼された馬超は、その翌年、四十七歳で死んだことになっている。戦死なのか病死なのか、どこで死んだのか、その詳細は一切記録されていない。ぼくは、呂布と同じくらいにこの馬超という戦人《いくさびと》にも心を惹かれ、ここだけは『正史』の記述を無視して、馬超を長生きさせてしまったのだ。ただし戦人《いくさびと》としてではなく、ある種の隠者として、である。

ぼくの馬超は、剣豪小説の主人公のような、強さの裏に影をもち、孤独でいることを好む男だ。北方の山岳地に一人で出かけては、樹と対話して暮らしていた青年。一族の長に担がれ曹操に反旗を翻すと、親兄弟はすべて処刑されてしまう。しかもこの一戦で、曹操の計略によるものとはいえ、味方の裏切りにあって郷土を追い出される。世間の悲哀と人間の心の表裏を味わい尽くしたこの男に、最後はちょっと世間並みの幸福を味わわせてやりたかった気持もある。

戦人《いくさびと》としての馬超が唯一心を預けることができた劉備とその一党。彼らが益《えき》州を獲り、夢であった天下への足がかりをつかんだのを見届けるや、馬超は自分が死んだことにして「三国志」の戦いの場からドロップアウトし、再び当てもなく故郷の山岳地帯へと還《かえ》る。そこで羌《きょう》族という少数民族の村の長にと担がれ、年下の愛らしい嫁をもらい、余生を送るのだ。

やがてこの山奥の村にも、諸葛亮の死の報《しら》せが届く。あいも変わらぬ暮らしの中で、「夢を乗せた時代」の終焉《しゅうえん》を知った馬超は……。

そう、夢の時代、戦いの時代といえば華やかだが、一方でそれがすべてではなかったというのが、ぼくの持論だ。その背景に日々の暮らしがあり、ささやかな幸せがある。夢と日常とが対にならなければ、どんなに強い男でも夢を追いつづけることなどできはしない。あるいは、夢そのものがひどく抽象的なものに陥りやすい。

『正史』や『演義』には、妻のこと、家庭のことなどほとんど書かれていない。せいぜい「妻帯した」という記録があるくらいだ。そこでぼくは、主要人物のほとんどに、ときには独断も込めて結婚させ、子どもを儲けさせた。

馬超のような人物には、さすがに一線から引かせて心が静まる頃合まで妻帯させることはできなかったが、たとえば張飛には董香《とうこう》という女性を配した。張飛の結婚の相手の董香は架空の人物である。董香はときに配偶者の粗暴を抑え、ときにはぐちの聞き役になり、力が強く知性もある張飛の存在を、影で日向でしっかりと支えている。

諸葛亮にも妻がいる。青年時代に隠遁していた村から連れてきた女性だ。蜀の時代には激務に追われ、ほとんど執務室や戦陣から出ることがなかった諸葛亮だが、たまに帰宅して妻と世間話をすることで、町の様子がわかり、物価の浮き沈み、それについての庶民の意見などを窺い知ることができる。蜀の丞相《じょうしょう》の超人的な知を、庶民的な妻の存在でいくらかでも裏付けたいと思ったのだ。

やがて子どもができれば、夢は自分勝手なものではあり得ず、未来を見ようという意思も自然に生まれてくる。「夢の探求」は、その反対に日常生活があることで、より深みを増す。

小さなところから始まり、次第に大きなものが生み出されてくる。夢を追い求めることの裏に、日々の淡々とした暮らしがある。小説を書き終えて、ぼくはこういう物語をどこかで読んだことがあると気づいた。そう、米国の女性作家パール・バックが、辛亥《しんがい》革命前の中国を舞台に描いた長編小説『大地』だ。

大地の片隅で貧しい夫婦が小さな畑を耕して暮らしている。そこに動乱の時代が到来し、ふとしたチャンスから貧農は富者へと駆け上がる。三人の子は、それぞれ地主、穀物商、軍人となり、軍人になった三男は軍閥の長となって、国を左右するほどの権力を得る。そこに辛亥革命が起こり、一家は民衆の敵として攻撃される。軍人の子は、早くから父の生き方に疑問を持ち、紆余曲折の末に留学して農業を学び、再び大地とともに暮らす決意をする――という、三世代にわたる物語である。

これもまた、吉川『三国志』と同じ高校生の頃に読んだ小説だが、土と暮らしと夢と歴史と戦いとが結びついた強い人間ドラマとして記憶の奥底に眠っていたようだ。あらためて読み返しながら、「三国志」を書こうと思った動機の一端が、この小説にあったことを強く感じた。

小説の世界は、一見すると無関係に見えるもの同士が、どこかで必ずつながっている。

ちなみにパール・バックは、十九世紀末に中国に在住した米国人宣教師の娘で、自身も両親とともに中国に暮らし、異文化を体験した女性だ。私の好きな作家の一人である。

死んでなお生き続ける英傑たち

夢、暮らし、幸福につづくキーワードは「死」だ。

「三国志」は、実に多くの人間が死んでゆく物語である。夢果たせぬままに力尽きる者、戦いの果てに傷つき倒れる者もあれば、戦場であっさりと討ち取られる兵士や、まるで事故のように不意打ちで死ぬ者もいる。数を数えたことなどないが、大物だけで数十人、兵士や民衆まで含めれば数十万人の規模にはなる。しかも、夢を叶えることが出来た者は、残念ながらたった一人もいないのだ。彼らの生は、無駄だったのか。彼らの死とは、何だったのか。

ぼくは登場人物たちに、死んでいった者たちのことを盛んに語らせている。

晩年の曹操と夏侯惇《かこうとん》の馬上での会話。

「反董卓の連合軍が酸棗《さんそう》に集結した時、劉備を認めていたのは殿だけでした」

「いや、認めていたのは、私と孫堅だ。集まった諸将の中で、孫堅は間違いなく非凡だった。あの時、闘う意志を持っていたのは、孫堅だけだったしな」

「呂布の騎馬隊のことも、思い出します。あれは、美しかったとさえ言っていいのではないでしょうか」

曹操病死の報せを聞いたときの劉備の言葉。

「宿敵だった。それでいて、昔から私は曹操がほんとうには嫌いではなかった。曹操も、私を認めていただろうと思う」

呉の将兵たちは戦陣に臨んで周瑜を語り、張飛や趙雲といった騎馬の武将は呂布《りょふ》を語る。まるでその激しい気迫、苛烈な魂を、語ることで自らの体内に取り込もうとするかのように。

いずれ人間は生まれたときから死に向かうしかない。それならば、精一杯生き、鮮烈に死にたいではないか。鮮烈に死ぬためには、鮮烈に生きることが必要だ。それができた人物だけが、死んでもなお人の心の中で生きつづけることができる。

これを実行しようとしたり、現実の世界に持ち込もうとすれば困難も多い。それならば、せめて小説の中くらいは、死んでもなお心の中で生きつづけるような人物を描きたいと、ぼくは思う。小説を読まなくても死にはしないが、人には小説を読んでよかったなと思える瞬間が必ずある。人が生きる、そのことの意味をきちんと捉え、描写した小説との出会いというのも、その瞬間の一つではないだろうか。ぼくは『三国志』を書きながら、精一杯生きようとした人物の姿をきちんと描く、そのことばかり考えていた。

何度も言うようだが、その結果、夢が叶おうが叶うまいが、そんなことはどうでもいい。まして、「三国志」という枠がある以上、人物の生死はすべてあらかじめ決まっているのである。

おもしろい話だった、おもしろい人物がいた、いい小説だった。一人でもそう感じる読者がいてくれるのならば、それで満足である。

もちろん、「三国志」という物語自体が、作家のそうした欲望や願いに応えてくれるすばらしい歴史的素材だということもできるだろう。

ある日、読者だという女性からはがきをもらった。自分の自転車を「赤兎《せきと》」と名づけ、赤いマフラーをして出かけるのだという。出かける先は学校なのか、アルバイト先なのか。きっと若い女性か少女なのだろう。

呂布の魂を心に秘めた少女。「それも、いいだろう」と、ぼくは嬉しくなった。

ぼくがそこまで入れ込める人物は誰だろう。

理想を言えば、呂布の強さを持った曹操か。ただし、頭痛持ちになるのは、いやだ。

長江から見える白帝城／撮影著者

本文・注

【序章】

邪馬台国《やまたいこく》や卑弥呼《ひみこ》が出てくる時代

日本列島にあった古代国家とその女王で、『魏志倭人伝《ぎしわじんでん》』（三国志魏書東夷伝《ぎしょとういでん》）に記録されている。二三九年（景初三年）、卑弥呼が魏の明帝《めいてい》（曹叡《そうえい》：曹丕《そうひ》の長男）に使者を送った。このことは、日本が世界史に登場する最初の出来事となった。大和政権以前の小国で構成された日本の国情、弥生時代にあった生活様式が書かれている。

晋《しん》という新たな王朝

司馬懿《しばい》がクーデターを起こすなど魏の実権を握り、二六五年、魏帝曹奐《そうかん》が帝位を禅譲《ぜんじょう》（魏滅亡）し、司馬炎《しばえん》が晋を建国した。蜀は、二六三年魏の侵攻により、劉禅《りゅうぜん》が降伏して滅亡した。呉は、二七九年晋の侵攻の翌年、呉帝孫晧《そんこう》が降伏して滅亡した。

前漢の皇帝・景帝《けいてい》の子、中山靖王劉勝《ちゅうざんせいおうりゅうしょう》の末裔

景帝は前漢の第六代皇帝。中山靖王劉勝は百二十人以上の子（孫も含め）をつくったとされる。また、その末裔は中山国などに広がり、没落していた家も少なくなかったといわれる。

お通《つう》

吉川英治原作の小説『宮本武蔵』に登場するヒロイン。

『三国志演義』

「三国演義」「三国志通俗演義」とも呼ばれる。明の時代に羅貫中《らかんちゅう》（施耐庵《したいあん》とも）によって書かれた中国の通俗歴史小説。中国四大奇書の一つ。三国時代の講談、説話は古くから圧倒的な人気を誇って語り伝えられ、『三国志平話《へいわ》』としてまとめられた。歴史やこの説話などをもとに文学的に昇華して『三国志演義』を誕生させたといわれている。

【1章】

宦官《かんがん》

貴族や宮廷に仕える去勢《きょせい》された男子。王や後宮に近く仕えていたために、しばしば権力を握っては政治に悪影響を及ぼし、王朝滅亡の一因となった。

外戚《がいせき》

母方の親類。ここでは、皇帝や王の母親、妃の一族をさす。皇帝の寵愛《ちょうあい》を受ける妃の親族は皇帝によって引き立てられ、権力を握ることになる。後継者争いや幼帝を抱く場合は、その後見人となって、大きな権力を得た。後漢では幼帝が続いたために、権力を握る宦官と外戚の争いによって、しばしば政治に混乱が生じた。父方の親戚は内戚という。

太平道《たいへいどう》

後漢末に張角《ちょうかく》が創始した新興宗教の教団。五斗米道《ごとべいどう》とともに道教の源流となった。信徒を軍事的に組織し、「蒼天已《そうてんすで》に没《ぼっ》し、黄天《こうてん》まさに立つべし」と号令して蜂起《ほうき》した（一八四年）。黄色の頭巾を巻いたので黄巾《こうきん》の乱と呼ぶ。後漢王朝崩壊の契機となった。

討伐軍

全国的な動乱となった黄巾の乱に対し、大将軍に任命された何進《かしん》のもと、洛陽《らくよう》の守備を固めるなど鎮圧に力を入れた。皇甫嵩《こうほすう》や朱儁《しゅしゅん》率いる討伐軍の曹操《そうそう》、孫堅《そんけん》、劉備《りゅうび》ら諸将が奮戦。優勢だった黄巾賊の勢いは、張角の病死もあって、次第に衰えていった。義勇軍として参加した劉備は、武勇を認められて安喜《あんき》県の県尉《けんい》に任ぜられた。

皇帝の外戚で実力者だった何進の暗殺

何皇后の兄・何進は、黄巾の乱に際し大将軍に任じられると、政治権力を握る宦官 張譲《ちょうじょう》ら 十常侍《じゅうじょうじ》と争うことになった。霊帝《れいてい》崩御《ほうぎょ》後の後継争いに勝利して少帝《しょうてい》が即位。勢力を増した何進は宦官勢力討伐に乗り出して宦官の蹇碩《けんせき》を誅殺《ちゅうさつ》するが、逆に暗殺されてしまった。

袁紹《えんしょう》による宦官の大虐殺

何進暗殺に激怒した袁紹・袁術《えんじゅつ》は宮中に入り込んで宦官虐殺に及んだ。何進を殺害した段珪《だんけい》、張譲らを追いつめ殺害、宦官と間違われて殺されたものも合わせて二千人を殺したといわれる。この混乱の中、宮廷の外に連れ出された少帝と陳留王《ちんりゅうおう》は、何進大将軍の呼びかけに応じて洛陽に来ていた西涼の董卓《とうたく》により保護される。

董卓による洛陽占拠

何進大将軍による詔《みことのり》に応じて洛陽近くまで来ていた董卓は、難を逃れた少帝と陳留王の身柄を確保した。帝を擁《よう》して洛陽に入城した董卓は、武力を背景に実権を掌握、少帝を廃位し陳留王を即位させ、少帝とその母・何太后を亡き者にした。そして、宮中の女たちを暴行し、財宝を強奪、少しでも反抗するものには容赦ない刑罰・報復で報いる恐怖政治を行うなど、暴虐の限りを尽くした。

曹操に捕らえられたとき

徐州を奪還していた劉備だったが、官渡《かんと》の戦いを目前にしていた曹操に攻められ、小沛《しょうはい》の城から妻子を残して敗走した。下邳《かひ》を守る関羽は死守の覚悟で曹操軍に臨んだが、捕らわれた夫人らの警護を条件に降伏した。

官職をなげうつ原因となった事件

黄巾賊討伐に参加した劉備は、武勇を認められて安喜県の県尉に任ぜられた。その赴任先に巡回してきた督郵《とくゆう》（監察官）に賄賂《わいろ》を要求されたことで、劉備は堪忍袋の緒が切れ、殴り倒して出奔《しゅっぽん》するという事件を起こした。

献帝を手中に収める

董卓が呂布《りょふ》に殺された後、長安《ちょうあん》の都では董卓の残党が献帝《けんてい》を拉致《らち》するなど天子争奪戦が繰り広げられた。長安を逃れた献帝は賊の出没する洛陽も離れざるをえず、許昌《きょしょう》に遷都《せんと》。曹操は自ら許昌に出向き、献帝を擁することとなった。

【2章】

西園八校尉《せいえんはちこうい》

都と宮廷を防備するために、設置された中央軍の制度。総指揮者の宦官蹇碩を筆頭に、袁紹ら八名が任官。曹操は典軍校尉《てんぐんこうい》に任じられた。

【3章】

よく似た年上の妻をもらう

北方版三国志では、亡くなった母を思わせる女性・瑶《よう》を呂布が攫《さら》って妻にするシーンが描かれる。呂布は、思い悩んだ末に、決心して瑶を攫った。そうする以外、女をどう扱えばいいかわからなかったのだ。／気を失っていた瑶が、気づくと呂布を叱りつけた。どうしていいかわからず、呂布はじっと座ってうつむいていた。／「妻に、したかった」／理由を何度も訊かれ、呂布はようやくそれだけ言った。

奸計によって都を追われ

董卓殺害というクーデターを起こしながら、王允《おういん》は軍の処理に失敗。董卓残党の李傕《りかく》らが勢力を盛り返すと、王允は奸賊として処刑された。呂布は形勢を見ていち早く脱出した。北方版三国志では、呂布は成り行きを見ることなく、長安を後にしている。

呂布の騎馬隊は傷ついていた

呂布の騎馬隊に対して、曹操は三重の馬止めの柵の後に罠《わな》を敷いた。柵を破った呂布の騎馬隊は、魚鱗《ぎょりん》の陣を敷く曹操に向かって突進するが、土中に仕込んだ無数の槍を浴びて、撤退。赤兎も深手《ふかで》を負うなど、騎馬隊は致命的な打撃を受けた。

呂布の赤兎に関羽も乗る

赤兎が呂布の死後、関羽の愛馬となったこと（三国志演義）。関羽が曹操に投降していたとき、関羽の忠義な姿勢に感服した曹操が、名馬「赤兎」を贈ったことになっている。

最も嫌っていた謀略によって味方に裏切られてしまう

荊州《けいしゅう》北部を領する魏の樊城《はんじょう》に攻め入った関羽は、同盟関係にあった呉からも挟撃されて撤退。孟達《もうたつ》は関羽の援軍要請に応じず、留守を預かっていた麋芳《びほう》と士仁《しじん》があっさり呉軍に投降するなどの動きを見せた。呉の呂蒙《りょもう》が描いた罠により、関羽は窮地に追いやられたのであった。

たった十名でのこの戦い

関羽の軍はわずかな兵とともに麦城《ばくじょう》に入ったが、小城のうえ、荒らされていて兵糧もなかった。自軍を解散した関羽は側近の関平《かんぺい》、郭真《かくしん》ら十名で出陣、雪中の戦場に散った。

【4章】

輜重車

物資の移動には、後方支援の兵士があやつって二頭立ての馬が引く重車（荷車）が用いられた。険《けん》阻《そ》な山道を通り抜けるために諸葛亮《しょかつりょう》が考案したとされる木牛・流馬は人力で押す二輪車・一輪車だったと考えられている。

機会をうかがって父の配下だった将兵を預かり

袁術の元を立ち去り天下をうかがう機会を狙っていた孫策《そんさく》は、揚州刺史劉繇《ようしゅうししりゅうよう》と争っていた伯父・呉《ご》景《けい》を支援し江東《こうとう》平定を目指したいと袁術に申し出る。その際、父が残した伝国《でんこく》の玉璽《ぎょくじ》をかたに千数百の武将を預かっていった。

にわかに皇帝を自称した袁術が病没

伝国の玉璽を手にした袁術は皇帝を自称。孫策は「不忠の臣」として絶縁状を送りつけた。その後、袁術は、呂布との戦いに敗れ、袁紹を頼って北上するさなかに病いに倒れた。

【5章】

袁紹の残存勢力の平定

後継者を定めないまま袁紹が病没したため、袁家では、跡目《あとめ》争いが勃発。曹操が内紛をあおって、兄弟同士の消耗戦へと発展。曹操は、バラバラになった袁紹残存勢力を個別撃破して、河北《かほく》を次々と平定していった。

張飛《ちょうひ》や趙雲《ちょううん》が活躍する「長坂《ちょうはん》の戦い」

曹操が荊州に出兵すると、荊州劉氏は早々と降伏、襄陽《じょうよう》は無血開城された。徹底抗戦を主張し、襄陽の北・樊城にいた劉備は、これを知ると南の江陵《こうりょう》を目指して撤退。劉備軍には民間人が多く同行していたため、すぐに曹操軍の追いつくところとなり、長坂で急襲された。張飛が曹操軍を食い止め、劉備は九死に一生を得、趙雲は血路《けつろ》を開いて、長子・阿斗を救出、夫人も保護した。

【6章】

孫権の妹を夫人に迎えていた

同盟関係を強固にするために、呉の側から提案された。劉備は赤壁の戦いの後は荊州南部を攻略していた。

漢中に立てこもる宗教集団・五斗米道

漢中の山岳地帯（秦嶺《しんれい》山脈にはばまれ孤立した盆地）に、宗教集団・五斗米道を率いる張魯《ちょうろ》が築きあげた自治領域。

龐統《ほうとう》が流れ矢に当たり戦死する

龐統は、司馬徽《しばき》に学んだ諸葛亮の「臥龍《がりゅう》」と並んで「鳳雛《ほうすう》」と称された俊英である。諸葛亮の推挙で劉備の軍師となったが、益州攻めの際、雒城《らくじょう》に近づき過ぎて矢を受け落命した。

曹操側の「離間《りかん》の計《けい》」によって身内に裏切られる

曹操軍が、馬超《ばちょう》、韓遂《かんすい》ら連合軍と潼関《どうかん》で衝突。馬超が曹操を急襲し、あわやという場面も見られた。曹操は、旧知の韓遂と歓談しているところを見せつけるなど「離間の計」を策略。足並みの乱れた連合軍は、曹操の総攻撃によって大敗を喫した。

調練の厳しさが仇となり、陣中で部下に暗殺された

関羽の仇を討つため、張飛は劉備とともに呉への進撃を準備していた。張飛の不興を買って処罰されることになっていた配下の張達《ちょうたつ》らが、酔いつぶれている張飛の寝首をかいて殺害した。北方版三国志では、呉のゲリラ部隊致死軍《ちしぐん》の手のものに毒殺されている。

勝たなくてもいい

諸葛亮の度重なる北伐《ほくばつ》のなか、戦えば苦戦を強いられた司馬懿《しばい》は不戦を選び、戦線は膠着《こうちゃく》。兵糧《ひょうろう》が途絶えるなどして蜀軍は撤退を余儀なくされていた。

【7章】

魏の曹仁《そうじん》が用いた

劉備軍にいた軍師の徐庶《じょしょ》が弱点を見抜き、張飛、趙雲の騎馬隊を突っ込ませて破った。

曹丕《そうひ》の弟の曹植《そうしょく》

曹植は曹操の末子。若くして文才に秀でた天才詩人であった（作品に「七歩《しちほ》の詩」など）。曹丕との後継者争いに破れ失脚したのちも、曹丕に警戒されて小国を転々とした。

三国志年表

西暦	出来事
一八四	黄巾の乱
一八九	霊帝崩御。大将軍何進が宦官に殺害される。董卓が少帝を廃し陳留王を即位（献帝）
一九〇	群雄が反董卓連合に結集。董卓が洛陽を焼き払い、長安に遷都
一九一	袁紹が韓馥から冀州を奪う
一九二	**呂布**が董卓を殺害。**曹操**が兗州刺史となり、青州黄巾賊を討伐。李傕と郭汜が王允を殺害、実権を掌握。**孫堅**が荊州侵攻の途上で戦死
一九三	袁術が揚州刺史を殺し、淮南を治める。**曹操**が徐州に侵攻
一九四	陳宮が**呂布**を担ぎ、兗州で**曹操**に造反。**劉備**が徐州牧に
一九五	**曹操**が兗州を奪回。李傕と郭汜が抗争。献帝が長安を脱出

一九六	劉備が呂布に徐州を乗っ取られる。曹操が献帝を許に迎える。孫策が会稽郡を制圧
一九七	曹操が張繡の偽計に敗走。袁術が皇帝を名乗る
一九八	曹操が徐州を攻略、呂布・陳宮を討伐
一九九	公孫瓚が袁紹軍の前に敗死。袁術が寿春で死去。劉備が曹操に造反、徐州を奪回。曹操と袁紹が官渡で対峙
二〇〇	董承ら朝廷内の造反が露見。孫策が暗殺される。劉備が曹操に敗れ、袁紹の元へ。曹操が官渡の戦いで袁紹を破る
二〇一	劉備が汝南で曹操に大敗、劉表の元へ
二〇二	袁紹が病没。袁譚、袁尚らが後継争い
二〇四	曹操が袁尚を破り冀州平定
二〇五	曹操が袁譚を破り青州平定
二〇七	劉備が諸葛亮を三顧の礼で迎える
二〇八	孫権が仇敵黄祖を討伐。荆州劉氏が曹操に降伏。劉備が長坂で曹操軍の追撃を逃れる。劉備と孫権が同盟。曹操軍三十万が赤壁で大敗

二〇九	**周瑜**が曹仁軍を斥ける
二一〇	**周瑜**が益州侵攻を目前に病死
二一一	**曹操**が馬超を破り関中平定。**劉備**が劉璋に乞われ益州に
二一二	**劉備**が劉璋に反旗を翻す
二一三	**曹操**が魏公に上る
二一四	馬超が**劉備**の麾下に。**劉備**が益州征都を征圧
二一五	**孫権**・**劉備**が荊州領有を巡り対立。**曹操**が漢中を掌握。**孫権**が合肥で張遼軍に大敗
二一七	**孫権**が**曹操**に臣下の礼
二一九	**劉備**が**曹操**軍を斥け漢中を占領。呉の偽計により**関羽**父子が戦死
二二〇	**曹操**が病のため死去。曹丕が献帝より帝位禅譲（魏建国）
二二一	**劉備**が蜀を建国、帝位につく。**張飛**が配下によって殺害される。**劉備**が荊州に出兵
二二二	**劉備**が夷陵で陸遜に大敗
二二三	曹丕が濡須口で呉軍に敗退。**劉備**が死去、劉禅が二世皇帝に

二二四	呉蜀が和睦
二二五	**諸葛亮**が南征
二二六	曹丕が病のため死去。曹叡が第二代皇帝に
二二七	**諸葛亮**が第一次北伐
二二八	**司馬懿**が孟達を奇襲。**諸葛亮**が街亭で敗退。陸遜が曹休を破り合肥を奪還
二二九	**諸葛亮**が第三次北伐。**孫権**が皇帝に即位
二三〇	曹真が漢中に侵攻
二三一	**諸葛亮**が第四次北伐。**司馬懿**と祁山で対峙
二三四	**諸葛亮**が第五次北伐。**司馬懿**と五丈原で対峙。**諸葛亮**が陣中で没す
二三九	曹叡が死去、曹芳が第三代皇帝に
二四一	呉蜀が魏に侵攻。**司馬懿**が呉軍を撃退
二四七	曹爽が政権を掌握
二四九	**司馬懿**がクーデターで政権奪取
二五一	**司馬懿**が病のため死去
二五二	**孫権**が死去、孫亮が二世皇帝に

二六三	魏軍が蜀に侵攻。劉禅が魏に降伏（蜀漢滅亡）
二六五	曹奐が司馬炎に帝位禅譲（魏滅亡・晋建国）
二七九	晋軍が呉に侵攻
二八〇	孫皓が晋に降伏（呉滅亡・晋が天下統一）

本書は、二〇〇四年二月に刊行されました『NHK人間講座　三国志の英傑たち』（日本放送協会・日本放送出版協会編集）のテキストを底本とし、加筆訂正をしたものです。

本文中の引用部分は、『正史三国志』（今鷹真、井波律子、小南一郎訳、ちくま学芸文庫、全八冊）『三国志演義』（井波律子訳、ちくま文庫、全七冊）を参照させていただきました。

時代小説文庫
き 3-15

三国志《さんごくし》の英傑《えいけつ》たち

著者 北方謙三《きたかたけんぞう》

2006年4月18日第 一 刷発行
2013年4月 8 日第十一刷発行

発行者 角川春樹

発行所 株式会社 角川春樹事務所
〒102-0074 東京都千代田区九段南2-1-30 イタリア文化会館

電話 03(3263)5247[編集] 03(3263)5881[営業]

印刷・製本 中央精版印刷株式会社

フォーマット・デザイン＆シンボルマーク 芦澤泰偉

ISBN4-7584-3224-4 C0195

http://www.kadokawaharuki.co.jp/[営業]
fanmail@kadokawaharuki.co.jp[編集] ご意見・ご感想をお寄せください。

時代小説文庫

北方謙三
三国志 一の巻 天狼の星

時は、後漢末の中国。政が乱れ賊の蔓延《はびこ》る世に、信義を貫く者があった。姓は劉、名は備、字《あざな》は玄徳。その男と出会い、共に覇道を歩む決意をする関羽と張飛。黄巾賊が全土で蜂起するなか、劉備らはその闘いへ身を投じて行く。官軍として、黄巾軍討伐にあたる曹操。義勇兵に身を置き野望を馳せる孫堅。覇業を志す者たちが起ち、出会い、乱世に風を興す。激しくも哀切な興亡ドラマを雄渾華麗に謳いあげる、北方〈三国志〉第一巻。

（全13巻）

北方謙三
三国志 二の巻 参旗の星

繁栄を極めたかつての都は、焦土と化した。長安に遷都した董卓の暴虐は一層激しさを増していく。主の横暴をよそに、病に伏せる妻に痛心する呂布。その機に乗じ、政事への野望を目論む王允は、董卓の信頼厚い呂布と妻に姦計をめぐらす。一方、兗州を制し、百万の青州黄巾軍に僅か三万の兵で挑む曹操。父・孫堅の遺志を胸に秘め、覇業を目指す孫策。そして、関羽、張飛とともに予州で機を伺う劉備。秋《とき》の風が波瀾を起こす、北方〈三国志〉第二巻。

（全13巻）

時代小説文庫

北方謙三
三国志 五の巻 八魁の星

強大な袁紹《えんしょう》軍を官渡の戦いで退けた曹操は、ついに河北四州の制圧に乗り出した。軍勢を立て直した袁紹との再戦にも勝利し、曹操軍は敵の本陣である黎陽《れいよう》を目指す。袁紹の死、さらには袁家の内紛が、曹操に追い風となる。暗殺された孫策の遺志を継ぎ、周瑜《しゅうゆ》とともに江夏《こうか》を攻める決意をする孫権。張飛との戦いに敗れ、飛躍を目指し放浪を続ける張衛。そして荊州《けいしゅう》の劉備は、放浪の軍師・徐庶《じょしょ》と出会い、曹操軍の精鋭と対峙する。北方〈三国志〉待望の第五巻。

（全13巻）

北方謙三
三国志 六の巻 陣車の星

曹操の烏丸《うがん》へ北伐が成功し、荊州が南征に怯えるなか、劉備は、新たなる軍師を求めて隆中《りゅうちゅう》を訪れる。諸葛亮孔《しょかつりょうこう》明《めい》——〝臥竜《がりょう》〟と呼ばれ静謐の竹林に独りで暮らす青年に、熱く自らの志を語る劉備。その邂逅《かいこう》は、動乱の大地に一筋の光を放つ。周瑜が築き上げた水軍を率い、ついに仇敵・黄祖討伐に向かう孫権。父を超え、涼州にその武勇を轟かせる馬超。そして、曹操は三十万の最大軍勢で荊州と劉備を追いつめる。北方〈三国志〉風雲の第六巻。

（全13巻）

時代小説文庫

北方謙三

三国志 七の巻 諸王の星

解き放たれた〝臥竜《がりょう》〟は、その姿を乱世に現した。劉備の軍師として揚州との同盟を図る諸葛亮《しょかつりょう》は、孫権との謁見に向かった。孫権に対し、曹操と劉備軍の交戦を告げる諸葛亮。その言動に揚州は揺れ動く。一方、孫堅、孫策に仕え、覇道のみを見つめてきた周瑜《しゅうゆ》は、ついに孫権の心を動かし、開戦を宣言させる。巨大なる曹操軍三十万に対して、勝機は見出せるのか。周瑜、諸葛亮、希代の智将が、誇りを賭けて挑む『赤壁の戦い』を描く、北方〈三国志〉白熱の七巻。

(全13巻)

北方謙三

三国志 八の巻 水府の星

赤壁の戦いで大勝を収めた周瑜は、自ら唱えた天下二分に向け、益州への侵攻を決意する。孫権と劉備との同盟成立で、その機が訪れたのだ。だが、周瑜に取り憑いた病は、刻々とその身体を蝕んでいく。一方、涼州で勢力を拡大し、関中十部軍を率いて、父と一族を殺した曹操に復讐の刃を向ける馬超。謀略を巡らせ、その馬超を追い詰める曹操。そして劉備は、孔明とともに、天下三分の実現のため、遥かなる益州を目指す。北方〈三国志〉激動の第八巻。

(全13巻)

時代小説文庫

北方謙三

三国志 十一の巻 鬼宿の星

張飛は死なず。呉への報復戦を劉備自ら率いる蜀軍は、関羽を弔う白亜の喪章、張飛の牙旗を掲げ、破竹の勢いで秭帰《しき》を制した。勢いに乗る蜀軍に対し、孫権より軍権を委ねられた陸遜は、自軍の反対を押し切り、夷陵《いりょう》にて計略の秋《とき》を待つ。一方、自らの生きるべき道を模索し、蜀を離れゆく馬超。呉の臣従に対し、不信感を募らせる魏帝・曹丕。そして孔明は、呉蜀の決戦の果てに、遺された志を継ぐ。北方〈三国志〉衝撃の第十一巻。

（全13巻）

北方謙三

三国志 十二の巻 霹靂の星

英雄は去り行く。劉備の遺志を受け継いだ諸葛亮は、一年で疲弊した蜀の国力を回復させせた。蜀に残された道を進むべく、孔明は、自ら豪族たちの蔓延《はびこ》る南中の平定を目指す。一方、大軍を率いて呉に大敗した魏帝曹丕は、周囲の反対を押し切り、再び広陵への親征を強行する。だが、度重なる敗戦は彼の身体をも蝕んでいく。魏の侵攻を悉く退け、さらなる飛躍の機を伺う陸遜。孔明の乾坤一擲の北伐策に、その武勇を賭ける趙雲。遺された志に光は射すのか。北方〈三国志〉慟哭の第十二巻。

（全13巻）

時代小説文庫

北方謙三

三国志　十三の巻　極北の星

志を継ぐ者の炎は消えず。曹真を大将軍とする三十万の魏軍の進攻に対し、諸葛亮孔明率いる蜀軍は、迎撃の陣を南鄭《なんてい》に構えた。先鋒を退け、緒戦を制した蜀軍だったが、長雨に両軍撤退を余儀なくされる。蜀の存亡を賭け、魏への侵攻に『漢』の旗を掲げる孔明。長安を死守すべく、魏の運命を背負う司馬懿《しばい》。そして、時代を生き抜いた馬超、爰京《えんきょう》は、戦いの果てに何を見るのか。壮大な叙事詩の幕が厳かに降りる。北方〈三国志〉堂々の完結。

（巻末エッセイ・飯田亮）

北方謙三 監修

三国志読本　北方三国志別巻

文庫オリジナル

圧倒的な支持を得て遂に完結した、北方版三国志。熱烈な読者の要望に応えて、新たに収録した北方謙三ロングインタビューと、単行本のみの付録となっていた『三国志通信』を完全再録し、詳細な人物辞典、より三国志を愉しむための解説記事を満載したハンドブック。三国志全十三巻と共に、貴兄の書架へ。